THE
TENTH
MAN

Graham
Greene

第十个人

〔英〕格雷厄姆·格林 著

李军 译

外语教学与研究出版社
北京

京权图字：01-2016-5030

THE TENTH MAN © Graham Greene, 1985

图书在版编目（CIP）数据

第十个人／（英）格雷厄姆·格林（Graham Greene）著；李军译. —— 北京：外语教学与研究出版社，2016.8
书名原文：The Tenth Man
ISBN 978-7-5135-7965-0

I. ①第… II. ①格… ②李… III. ①长篇小说－英国－现代 IV. ①I561.45

中国版本图书馆CIP数据核字(2016)第200238号

出 版 人	蔡剑峰
项目策划	杨芳州
出版统筹	张　颖
责任编辑	孙嘉琪
执行编辑	朱莹莹
封面设计	马晓羽
装帧设计	马晓羽
出版发行	外语教学与研究出版社
社　　址	北京市西三环北路19号（100089）
网　　址	http://www.fltrp.com
印　　刷	紫恒印装有限公司
开　　本	880×1230　1/32
印　　张	5.75
版　　次	2016年9月第1版　2016年9月第1次印刷
书　　号	ISBN 978-7-5135-7965-0
定　　价	39.00元

购书咨询：（010）88819926　电子邮箱：club@fltrp.com
外研书店：https://waiyants.tmall.com
凡印刷、装订质量问题，请联系我社印制部
联系电话：（010）61207896　电子邮箱：zhijian@fltrp.com
凡侵权、盗版书籍线索，请联系我社法律事务部
举报电话：（010）88817519　电子邮箱：banquan@fltrp.com
法律顾问：立方律师事务所　刘旭东律师
　　　　　中咨律师事务所　殷　斌律师
物料号：279650001

目 录

引言

1

1948年，当我正在写《第三个人》[1]时，我似乎已把一个叫《第十个人》的故事忘得一干二净，而在美国米高梅电影制片公司存放档案的某处，这个故事正如一枚定时炸弹般嘀嗒作响，兀自消磨时光。

1983年，一个陌生人从美国来信告诉我，我有一部名叫《第十个人》的故事正被米高梅公司公开出售给一家美国出版商。我没太把它当回事。我觉得自己印象中——结果证明记忆有误——在战争快要结束时，按照与友人本·格

1　《第三个人》（*The Third Man*）描述美国通俗小说作家马丁斯应朋友哈里之邀来到二战后的维也纳，但一抵达便惊闻哈里因车祸逝世，他在追查时发现有个神秘的第三者是其中的关键，最后哈里的突然现身使马丁斯了解了丑陋的真相。

茨的合约写过一篇故事梗概，而他是米高梅公司派驻伦敦的代表。故事梗概或许只有两页打字纸那么长——因此似乎并无被发表之虞，尤其是该故事从未被翻拍成电影。

我签约的原因是担心战争结束时，我将卸任政府的公职，不稳定的收入来源会使家人陷入危机。在战前，我从未能仅凭写小说来供养他们。事实上，我始终欠着出版商的债，直至 1938 年《布赖顿棒糖》[1] 售出八千册之后，才算是暂时抵补了我的债务。《权力与荣耀》[2] 的问世与德国西侵的时间大致同步，第一版售出了大约三千五百册，但对我的经济状况鲜有改善。我对自己作为小说家的前途毫无信心。1944 年，我欣然与米高梅公司签约出售了《第十个人》的创作思路，这个合同事后证明几乎如同卖身契一般，不过至少保证我们一家在此后几年中足以维持生计。

最近突然传来一个令人震惊与不安的消息：安东尼·布

1　《布赖顿棒糖》（*Brighton Rock*），侦探推理小说。故事讲述了为一家报社进行有奖促销活动的黑尔在英国海滨城市布赖顿突然死亡，为了查出凶手，与黑尔萍水相逢的艾达进行了不懈的努力，故事的结果是十七岁的元凶——黑帮头目平基葬身大海。

2　《权力与荣耀》（*The Power and the Glory*）是格林的代表作，创作于 1938 年，"宗教四部曲"之一，讲述墨西哥一位教区神父在逃亡生活中心灵上受到强烈冲击，最后未能逃脱死亡的厄运。

隆迪[1]先生花了相当大的价钱买下了这个神秘故事的图书版权与连载权，作者的版税当然将会付给米高梅公司。他很客气地将文稿打出来寄给我，让我看看是否有希望修订的内容。这稿子原来根本不是两页纸的故事梗概，而是一部约为三万字的完整的中篇小说。最使我吃惊和恼火的是，我发现这个被遗忘的故事很好看——实际上，较之《第三个人》而言，我在很多方面更加偏爱此书。因此，即便我拥有合法权利（这一点很不明确），也不再有任何个人借口去反对它出版。尽管如此，布隆迪先生还是非常慷慨地同意与我通常签约的波德利·赫德出版社联合出版此书。

就在此事办理妥帖之后，谜团又更添了一层。我偶然在巴黎的橱柜里发现了一个旧纸板箱，里面有两份手稿，其中一本是日记和札记簿，显然是我于 1937 年至 1938 年间写的。在 1937 年 12 月 26 日的日记中，我碰巧读到这样一段文字："与孟席斯[2]（一位美国电影导演）讨论电影。对将来拍电影的两点想法：1. 像西班牙那样的政局。一

1　安东尼·布隆迪（Anthony Blond）：英国出版商。

2　孟席斯，全名威廉·卡梅伦·孟席斯（William Cameron Menzies），美国著名电影导演，曾获 1940 年奥斯卡终身成就奖、1930 年奥斯卡最佳艺术指导（提名）奖。

个屠杀命令。狱中十人用火柴抓阄。一个富人抽到了最长的火柴。把他的全部钱财让给任何愿意顶替他的人。有个人为了家人的利益接受了。后来当他获释以后，曾经富有的这个人匿名造访了占据他钱财的那户人家。如今，他除了性命之外，一无所有……"

的确，这已是一个故事的梗概。现在看来，这篇日记结尾处的省略号似乎代表在随后若干年的战争期间，所有关于这个小点子的记忆都湮没在无意识之中。当我于1944年开始写夏瓦尔和詹弗耶的故事时，我想必是把它当成刚刚冒出的灵感了，而现在我只好这么想：在世间战火燃烧之时，那两个人物始终在无意识的黑暗洞穴深处发酵。

《第十个人》出乎意料地从米高梅公司的档案中被找回，这件事促使我在自己的档案文件中也检索了一番，在里面又多找出两份电影脚本的创意，或许这些内容也可供本书的读者们聊作消遣。第一个创意（现在在我看来还是不错的，尽管没有形成作品）叫作"吉姆·布拉顿与战犯"。

以下是故事梗概——时至今日，这个故事也恰逢其时，因为巴比正在等待受审[1]。

2

　　有一个古老的传说：在世上的某个地方每个人都有翻版的自己。这就是吉姆·布拉顿的离奇故事。

　　吉姆·布拉顿是一名受雇于费城一家谷类早餐公司的高级推销员。他是个平和而诚实的人，从不会伤害任何比苍蝇大的东西。他有一位太太和两个他所宠爱的孩子。1941年发生的战争对他的影响甚微，因为他已年过四十，而且其雇主们明确表示他是不可或缺的。但他开始学习德语——他的祖母是德裔——因为他认为有朝一日德语或许能派上用场，而这也是1941年至1945年间发生在他身上的唯一一桩新鲜事。有时，他会在报纸上看到纳粹集中营总检察官施莱伯的照片，他的一个孩子声称他与这个纳粹分子的相貌相似，但除此之外，再没其他人论及这一件事。

1　指对德国纳粹分子克劳斯·巴比（Klause Barbie，1913–1991）的审判，此人曾担任驻扎在法国里昂的党卫军指挥官，因其残忍的行径被人称为"里昂屠夫"。1951年他逃到了玻利维亚，1983年被驱逐出境，并被引渡到法国，在法国里昂的法庭受审。

1945 年秋天，一个被俘的德国 U- 潜艇[1]指挥官供认，他把施莱伯送到了墨西哥海岸登陆；这部影片即以墨西哥海滩上一只被浪花掀翻的橡皮救生筏为开场，透过岸边浅浅的水面可以看到施莱伯的尸体。退潮之后，地蟹纷纷从洞穴中爬出来。但是对施莱伯的追捕仍在继续，因为螃蟹们很快就会清除他死亡的全部证据。

与此同时，人们也在努力推动战后贸易，布拉顿被公司派往中南美洲出差。在飞机上，他翻看的《生活》杂志讲述了追捕施莱伯的故事。他的邻座是一位戴眼镜的男人，身材瘦小，一脸诚挚，满口冒牌科学理论。这个男人指出他的长相和施莱伯相似。"你瞧不出来吧，"他说，"我怀疑一万个人里能否有一个会瞧出这一点，因为通常我们所说的'相似'，并不是指脸型和头骨，而是一个人的经历与性格在他的外貌特征上遮盖的面纱。你长得像施莱伯，但是没人会注意到这一点，因为你的生活经历与他迥然不同。这无法改变耳朵的形状，但人们会看出眼睛里流露的神情。"除了开玩笑的孩子以外，他是唯一一个注意到这

---

1 U- 潜艇（U-boat），特指在第一次世界大战和第二次世界大战时，德国使用的潜艇。因这些潜艇的型号都用德文 Untersee-boot 的首字母加数字组成而得名。

个相似之处的人。幸运的是，对于布拉顿和他自己而言，陌生人在下一站就下了飞机。飞机在去往墨西哥城的半途中坠毁，机上除布拉顿以外的其他人全部丧生。

布拉顿被远远地甩了出去。他的左臂摔断了，脸也划破了，剧烈的震荡使他丧失了记忆。事故是在夜间发生的，此前他已经谨慎地——因为他是个非常小心的人——掏空了自己的衣服口袋，还将自己的证件锁进了公文包，当然，公文包也没了。当他苏醒过来，他已经失去了身份，只剩下外貌特征，而这些特征就是和那个死者的相同之处。他翻开衣兜想要找到一条证明自己身份的线索，但是发现口袋里没有任何东西能帮他：只有一点儿零钱，两个上衣口袋里各有一本书。一本是平装版的海涅；另一本是美国的平装书。他发现这两种语言自己都能读懂。当他更仔细地翻找了自己的上衣之后，他发现衣缝中缝着一叠干干净净的十美元钞票。

在这个简短的概要里不必详述他此后历险的细节；总之，他想方设法到达了火车站，登上去往墨西哥城的列车。他本想尽快找到医院，但是在火车站的洗手间里，他看到镜子旁边挂着一张施莱伯的照片，照片上警方用西班牙文和英文描述了其特征。或许是近日的经历使布拉顿的表情变得冷酷，他现在能觉察到那种相似性了。他认为找到了自己的名字。于是，如今他的面孔又呈现出另一副神情——一个被追捕者的神情。

他不知该向何处去，而且不知所措。他见到每一个警察都会惧怕，这种鬼鬼祟祟的举动引起了注意，报上的新闻很快便称施莱伯在墨西哥城现身了。他蓄起了胡子，随着胡须越来越长，他连最后一丝跟旧日里吉姆·布拉顿的相似之处都荡然无存了。

他暂时被施莱伯的同党给救了。他们是一帮法西斯，一直期待他到来，因为施莱伯身上揣着给他们的几封介绍信。他们当中有一对兄妹——哥哥是个身材瘦小的墨西哥人，有虐待狂倾向，凸着一对金鱼眼，因为他长得像彼得·洛 [1]，所以我们就称他为彼得；妹妹是个足智多谋的漂亮女人，出于显见的角色分配原因，我们将把她称作劳伦。劳伦给自己设定的任务是恢复吉姆的记忆——也就是她认为本该属于施莱伯的记忆。他们相爱了：她毫无保留，因

---

1 彼得·洛（Peter Lorre，1904-1964），好莱坞著名影星，常扮演杀手。

为相信自己对这个男人最坏的一面都已知晓；他则有一种自己都不明所以的保留。

然而，彼得的马虎大意简直不可救药。他对痛苦与暴力的癖好妨碍了他行事小心谨慎，因此由于某个尚未明确的事件，吉姆被墨西哥警方抓获，而其他人都逃走了。

施莱伯对粗暴的刑罚不大会有怨言，而吉姆也没抱怨。他不记得自己的罪行，但对自己的罪状供认不讳。警方强迫他看完一整场讲述布痕瓦尔德[1]的影片，他怀着恐惧与羞愧观看被施莱伯迫害的那些羸弱而赤裸的受难者。他再也不想逃跑，而是甘心赴死。

他被送到墨西哥北面的美国当局，对他的初始诉讼程序随后开始。施莱伯长出胡子的新面孔成了媒体报道的重点。他的家人也像其他人一样看到了照片，但他们都没认出那就是吉姆。

事有凑巧，那个与吉姆一同乘机的小个子、戴眼镜的冒牌心理学家也在审判的听审席中。他没有认出吉姆，但对施莱伯感到困惑不解（施莱伯的举止与其品行不符）。

1　布痕瓦尔德（Buchenwald）为二战期间臭名昭著的纳粹集中营之一。

他记得自己曾在飞机上对那个长得像施莱伯的人说过，两人相似不是因为头骨尺寸的形似，而是由于神似。他不曾料想，恐惧与悔恨的神情会从施莱伯的双眼中流露出来。这个人声称已丧失记忆，却毫不否认罪行。假如说，他们只是找来了一个在骨架结构上相似的人……

此时，彼得和劳伦已逃离了警方抓吉姆时收紧的圈套，也北上美国。他们策划了一场营救。至于计划是什么，我自己尚不清楚。一个胆大妄为的暴力行动，成功的概率微乎其微。可他们竟然成功了。他们将吉姆从法庭现场劫走，追捕再次开始。但这可不是在墨西哥，追捕很快有了结果。他们被困在一栋郊区别墅中。

不过，当他们闯入这栋房子时，彼得把住在那里的女人和她的孩子劫为人质。吉姆如机器人一般听从同伴的指令，他们甚至没工夫除掉他的手铐。目睹着这个法西斯思维残存的物证，他的头脑似乎开始觉醒。他突然攻击了自己的朋友和爱过的女人。他用手铐打晕了彼得，拿到他的枪。那个女人也有枪。他们如同两个决斗者似的，站在屋子两头彼此对视着。她说："亲爱的，你是不会向我开枪的。"但他还是开了枪，一秒钟后她也开枪了，但目标并不是他：

、

子弹击中了她的哥哥，当时他已重新站起来，正要攻击吉姆。她在弥留之际说："你不是施莱伯。你不可能是他。你是个正派人。你到底是谁？"

布拉顿去自首了。那位心理学家的理论中所蕴含的真知灼见充分地展现出来。吉姆与施莱伯的相似之处被证实只是形似而已。我想，那个瘦小的男人此刻应该记起了在飞机上曾与之交谈过的人，他提供了证据，还带来了布拉顿的家人。大团圆的结局仍需设计，不过，吉姆·布拉顿的离奇故事其实已随着郊区别墅中的枪声而结束。在那之后观众就要拿起衣服离座了，而剧院中的任何一个人都能告诉你正在发生什么。

3

第二个电影的剧本梗概名为《怪不得谁》，写作时间几乎与第一个剧本相同，是我为友人卡瓦尔康蒂[1]所作。他

---

1 卡瓦尔康蒂，即阿尔贝托·卡瓦尔康蒂（Alberto Cavalcanti），巴西电影先驱，身兼导演、制片人和编剧数职。

喜欢这个点子，但我们从未真正合作过这部影片，因为他将剧本提交至电影审查委员会[1]以后，便被告知他们无法批准一个拿谍报机关开涮的电影。因此，这个故事连同其他故事一起被遗忘了一段时日，大约在十年之后以小说的形式重现——虽有所简化，但在我看来未必有改进——书名是《我们在哈瓦那的人》[2]。

　　小说本来是不受审查的，但我事后获知，军情五处曾让军情六处以泄露政府机密为由起诉这本书。我泄露了什么机密？会不会是鸟粪有可能被用作一种隐形墨水？不过幸运的是，军情六处的处长 C 比他在军情五处的同事更懂幽默，打消了他提起诉讼的念头。

1　电影审查委员会(Board of Film Censors)，此处指英国电影审查委员会，于1912年成立。
2　《我们在哈瓦那的人》(*Our Man in Havana*)，著于 1958 年，故事讲述的是一个身不由己的小人物无意间被卷入国家政权之间的争斗风波，结果竟是靠弥天大谎在两国之间无往不利，玩弄阴险狡诈的政客于股掌之上。

怪不得谁

1

理查德·特里普是胜家缝纫机公司在波罗的海某国首都的代理人，那是个类似塔林[1]的城市。他身材矮小，从不冒犯别人，性格颇为怯懦；他酷爱邮票与吉尔伯特和沙利文[2]的音乐，钟情于自己的太太，而且对胜家缝纫机公司满怀忠诚。他还是英国情报机构的编外特工，代号是 B.720。故事发生在 1938 年至 1939 年间。

特里普太太格罗里亚比她丈夫年轻许多，为了让她过上好日子，特里普先生才应募进入情报机构工作。尽管她

---

[1]　塔林（Tallinn）是爱沙尼亚共和国首都。

[2]　吉尔伯特和沙利文（Gilbert and Sullivan）指维多利亚时代幽默剧作家威廉·S. 吉尔伯特（William S. Gilbert）和英国作曲家阿瑟·沙利文（Arthur Sullivan），他们两人共同创作了多部歌剧。

真心喜爱这位平凡无奇的丈夫，但他觉得自己除了胜家发的工资之外还必须在她身上多花钱才能将她拴住。当然，她对他的那些间谍活动一无所知。

特里普被伦敦总部看作是他们最可靠的特工之一——缺乏想象、行事准确且不易被激怒。总部相信他拥有一个由下属特工组成的网络，遍布整个德国。他通过写给自己公司的商务报告与总部保持联系。然而，总部却不知道特里普手下其实没有任何特工。他自己杜撰了所有的报告。当伦敦方面对某个特工表示不满时，他只需放弃那个想象中的情报来源，转而启用另一个同样虚构的来源。当然，所有这些编造出来的特工的薪水和花销皆由他一人独得。

他运用活跃的想象力，生生造出莱比锡附近一个庞大的地下工厂制造秘密炸药的种种细节，还曾一度跟当地警方惹上了点小麻烦。伦敦方面从一个独立的情报来源获悉，B.720正在被人跟踪，于是他们向他发出一个紧急警报，可是警报来得太迟了。

有一天，特里普在盎格鲁－雷特斯安剧社中领衔出演吉尔伯特和沙利文的歌剧，当节目结束时，坐在前排的警察局局长为他献上了一束带卡片的鲜花，还请求即刻与特里普在他的化妆间里喝上一杯。在那里，他告诉特里普，德国大使馆向他抱怨特里普的间谍活动。特里普供认了自己的欺骗行为。

警察局局长觉得很好笑，也很高兴特里普的存在将阻挡住任何真正意义上的特工，他还收下了一台缝纫机作为送给他太太的礼物。他保证特里普的消息将会安然送出国去——同时，为了让德国大使馆不要声张，他决定和特里普一同顺道去拜访他们。伦敦方面的警告于这次会面之后接踵而至，特里普的回复称他已任命警察局局长本人为自己的特工之一，还附上了局长的第一份报告，内容是关于雷特斯安的主要政治人物。特里普称局长酷爱集邮，于是请求总部发给他一张珍稀的好望角三角形邮票[1]作为第一笔报酬和奖金。当然，当邮票寄到之后，他便将它放进自己的集邮册。这件事启发了他，不久之后情报局局长就对负责管辖特里普那个情报站的总部官员评论说："他的特工当中集邮者可真多啊！"

"这还算不错哪。你记得老斯托特的特工吗？他们都

---

1 好望角三角形邮票（Triangular Cape）是英国于 1853 年在好望角（当时是英国殖民地）开始发行的非洲最早的邮票，邮票为三角形，图案是希望女神像。

想要巴黎的艺术照呢。"

"斯托特闲着呢，不是吗？"

"是啊。"

"派他去特里普的情报站看看。他或许能给特里普提些建议。我始终相信让两个可靠的人聚聚是有好处的。"

2

斯托特比特里普年长许多。他长着个酒糟鼻，外加一个小圆肚腩，目光游移不定。特里普对他的来访自然是忧心忡忡，料想自己随时会被揭穿。不过，他发现斯托特对雷特斯安的美食、美酒与夜生活比对特里普机构中的具体事宜更感兴趣，这倒是让他松了口气。在某些闪念之间，特里普甚至猜想斯托特没准也虚构了他自己情报站的情况，但这种念头当然转瞬即逝了。

在他们共度的第一天晚上，斯托特说："走，老伙计，咱们去妓院。我想，你在那儿也有不错的线人吧。"

特里普平生从未进过妓院，于是只得承认自己此前忽略了妓院。

"那可是最重要的，老伙计。生意人出差都会去妓院，必须对他们布控。"

他跟斯托特在镇上转悠了一圈，回到家时已凌晨两点钟，结果惹恼了他的太太。斯托特启程继续前往柏林，但他在特里普心里埋下了种子。他假想的特工将来会走斯托特的路线。伦敦方面很快接连收到若干增员的申请，包括某高档"会所"的夫人、一个咖啡厅的歌手，还有他迄今为止最具想象力的人物——雷特斯安的一位著名电影女演员，被描述为特工 B.720 号（即特里普）的情妇。当然，他在现实生活中从未跟她说过话，而他也全然不知她实际上是德国间谍。

3

第二次危机爆发，这次可需要比对付斯托特更精妙的办法。随着欧洲战事的威胁逐渐加剧，伦敦方面认为特里普在雷特斯安的地位至关重要，他手下必须有得力干将才行。他们以国家利益为由，说服了胜家缝纫机公司在雷特斯安设立代理商。公司通知特里普，他们会向他派出一位文秘兼打字员和一位办事员。特里普对此毫不知情，并为自己在胜家的工作有此成果和缝纫机的生意兴隆而感到欣喜。然而，他很快就没那么高兴了，因为办事员和打字员来了，他们原来是情报机构的工作人员，被派来协助他处理目前复杂的间谍网络。

那位办事员是个满口浓浓伦敦土腔的小伙子，对英雄人物怀着无比崇拜之情——同时也崇拜特里普的太太。特里普在他心目中所具备的经验与勇气，还有特里普夫人的美腿和丰胸，都同样激起了他的热情。他名叫考博，习惯性地爱提问题，相当烦人。他自己这样说："你不必费力解释，老大。只要让我深入挖掘，提点问题，我自己就能抓住要害。"

打字员吉克森小姐四十四岁，是一个年长色衰的老姑娘，她对所有的人和事都心存疑虑。她甚至认为那些头脑最简单不过的工人也受雇于秘密警察，还对办公室的安保措施不够充分表示震惊。她坚决要求将所有吸墨水纸都锁进保险柜，晚上下班时所有打字机的色带都必须收走。这种做法造成极大的不便，因为没人擅长安装打字机的色带。

有一次，她发现一个用过的色带没有被扔进焚化炉里烧掉，而是被丢进了废纸篓，便开始向大家演示通过解码色带上的压痕导致泄密的危险，而她能解读出的全部内容只是一句："从未有这般红艳的双唇，也没有如此清纯的眼睛。"那其实是考博所作的十四行诗中的一句——显然是在吟诵他心目中的特里普夫人。

"他还真可爱。"特里普夫人说。

特里普必须解决的主要问题是如何掩饰他写的报告没有任何情报来源的事实。结果他发现办法出乎意料的简单。他购物归来时，会带上几个他说是别人从柜台下面递交给他的信封，然后煞有介事地对这些毫无问题的有关缝纫机的信函进行一番隐形墨水试验；他带上考博去城里转了一圈，不时在餐馆里指出哪些是他的特工。

"他是个非常谨慎的人。你会发现他不显露一丝认出我的神情。"

向特工支付每月的薪水也是道难题，因为吉克森小姐强烈反对这些工资由他本人发放。

"这样做不规范，也不安全。总部绝不会赞同。"

到目前为止，为了应付他的两名助手，他已经为自己的情报来源绘制了一幅颇为可观的图表：他的直接下属是各组特工的组长。吉克森小姐坚决要求从此以后，特里普应切断与组长（那个电影演员就是其中之一）之外其他所有人的联络，还让他在每次跟他们碰头时使用不同的伪装。

伪装自己成了特里普生活中的烦心事。当然更糟的是，他妻子对此一无所知。吉克森小姐在这方面展现了可怕的智谋，她征用了特里普在盎格鲁－雷特斯安剧社表演歌剧时用的化妆匣。他发现自己被逼戴着红色假发从后门溜出去，然后戴着黑色假发从前门返回。她让他在大衣兜里携带至少两顶不同颜色的软呢帽，便于更换。角质架和钢架的眼镜将他胸前的口袋塞得鼓鼓囊囊。

压力的影响显现出来，他变得暴躁易怒，特里普夫人常被气哭。考博在英雄崇拜和女主角崇拜之间矛盾纠结。

4

下一轮危机：敌人开始认真对付特里普了。他发现自己随处都被盯梢——甚至是在去参加盎格鲁－雷特斯安的音乐晚会时——那是个"与爱德华·杰曼[1]和沃恩·威廉斯[2]共度的夜晚"。吉克森小姐的安保部署简直是太充分了，德国人已无法再监视他发送的报告。

她反对由警察局局长传递情报，还发明了一种用隐形墨水在邮票上传递消息的精妙方法（吉克森小姐曾一度尴尬地回避用鸟粪做隐形墨水）。遗憾的是，这种墨水显现的效果始终不佳——一个个词语的显现和消失过于快速，让人不知所措。

为了伪造自己的支出清单来解释招待工作的大额花销，特里普不得不每周至少在外吃三顿饭。他讨厌在餐馆吃饭——而且倘若其中任何一个助手发现他独自在外用餐，后果都将是致命的。因此，他在郊区租了一间屋子，躲到那里去静心读书（他最喜欢的作家是查尔斯·兰姆和纽波特[3]）或是撰写伪造的报告，一边享用从储藏柜里取出的一点儿食物［这在他的账簿中则以"请三人（政治情报来源）

1　爱德华·杰曼（Edward German），英国威尔士著名作曲家。

2　沃恩·威廉斯（Ralph Vaughan Williams），英国作曲家。

3　查尔斯·兰姆（Charles Lamb），英国作家，代表作品有《莎士比亚戏剧故事集》《伊利亚随笔》等。纽波特指亨利·约翰·纽波特爵士（Sir Henry John Newbolt），英国诗人、小说家和历史学家。

用餐，有红酒、雪茄等，透支 5.10 英镑"的形式出现〕。过去，在助手们没来以前，他不必经常这样外出用餐，而特里普夫人对此也很愤懑。

家庭危机终于到达了顶点。在一个发薪日，特里普被迫假装造访电影演员家，给她带去她手下人的工钱。考博在外面的大街上放哨，特里普戴着假胡子走到女演员的公寓门口，按响了门铃，要找一个他假想出来的人。他回身关门时，恰逢特里普夫人从楼上的公寓会完朋友下来。他借口说自己在推销一台缝纫机，而这个理由在特里普夫人看来站不住脚，因为他还戴着假胡子呢。

后来发生的事情进一步打破了家中的和睦。考博急于做他的英雄和崇拜的女人之间的和事佬，便向特里普夫人和盘托出——确切地说，是他认为的全部真相。"这是为了他的祖国啊，特里普夫人。"他说。

特里普夫人自己也决意投身爱国事业，于是也开始在外面用餐。特里普并不特别担心，他利用这个机会任命她为特工，身份是某个假想出来的外交部工作人员的情人。

"特里普那个家伙，"伦敦方面的人说，"理应获得一枚奖章。情报工作甚至比他老婆还重要，表现得很出色啊。"

他假想中的情妇和他为太太臆想的情夫属于他情报来源中最有趣的人物之流。可惜，他太太当然不相信他的情妇是虚构的，不过与她共同进餐的伴侣可是确有其人，那个小伙子隶属于农渔业部门，而并非外交部中的虚构人物。

特里普夫人得知了特里普的藏身之所，决意跟踪他。她确信自己会把他和女演员抓个现行，而他在那里并没从事对国家重要的工作。

敌人也发觉了他的藏身之地。

5

特里普把双腿搭在炉子上，衣服口袋里装着几个香肠卷，此刻他正高声诵读自己青睐的诗人纽波特的作品，发出一种不太像人类发出的嗡嗡声——这是他演绎诗歌的特有方式。"加油，加油，奋力比赛[1]……高台上的显贵们安然……"敲门声令他吃了一惊。他打开门，更令他惊诧的

1　此句出自纽波特的著名诗作《生命的火炬》（*Vitaï Lampada*），该诗作于 1892 年，描述了一个日后将成为军人的学生如何学会忘我地投入到板球比赛中去。

是看到了他那个假想的下属特工——电影女演员。她的汽车在他门外抛锚了，她能得到他的帮助吗？此时，两个暴徒正蹲伏在外面的车里，准备给特里普当头一棒。还有另一个人——他是个高个子、大块头的德国人，显得蠢笨而多愁善感——在大街的尽头望风。特里普说他对汽车一窍不通，不过假如它是一台缝纫机的话……

特里普夫人正沿街走来。她显然迷了路。特里普此刻正比划着胜家缝纫机的一些特点……而特里普夫人又冷又可怜。她倚着篱笆墙哭起来。在路上不远处，那个多愁善感的德国人注视着她。他纠结于怜悯与职责之间，慢慢凑近过去。

特里普先生正对电影演员大谈诗歌……

特里普太太伏在德国人的肩膀上哭泣，对他诉说她丈夫此刻正如何背叛自己，但她记不得门牌号了……

车里的两个德国人越来越冷，于是下了车，开始在街上踱来踱去……特里普正对女演员朗诵纽波特的诗……"队长的手猛击在他肩头……"特里普夫人和德国人从窗口窥视进来，他并未意识到这个背叛妻子的男人跟自己的任务有什么关联。特里普夫人呜咽着说："带我走吧。"他马上从命——用的是他同伙的汽车。有个人——他激情满怀，根本没顾上那人是谁——试图截住他，但被他撞倒了。他将特里普夫人带到她自己家门口下了车。

当敲门声再次响起时，特里普仍在读诗。一个德国人将另一个神志尚不清醒的德国人拖进来。在一通喋喋不休的德语解释之后，女演员对他说："他当时正想修车，结果车突然开走了。"

"我去给修车店打电话。"特里普说。他走到一个角落，没人看得见那里的电话。

他们准备将他打晕。"号码打错了，"他愤怒地说，"是警察局。"

当他再次搁下话筒时，他们将他打晕了。

6

特里普先生有好几天没回家了。考博和吉克森小姐很担忧。特里普夫人怒气冲冲，不过她找到了慰藉。

特里普在德国大使馆里清醒过来。他们对他施加了极大的压力，逼迫他出卖自己的组织，但他其实并没有组织可出卖。对他的高压威胁演变成了这个局面：他要么被软禁在使馆里直到战事开始，然后被当作间谍移交给盖世太保；要么他就得为他们向伦敦递信——一份内容精心设计、意在毁他名声的虚假情报——之后以适当的方式将他释放。他们给他看关于集中营的电影，还不让他睡觉：他跟那个现已颜面扫地的多愁善感的德国人被关在同一间牢房，每当他想入睡时，那人就会叫醒他，斥责他背叛了自己的妻子。

德国大使跟使馆的武官合谋，策划了打算让他发送的情报。在其中一张纸上，那名武官写下了要被隐藏的事，包括入侵的日期、作战师的数量等等。在另一张纸上，他们写下了要被揭露的谎言。一阵微风从打开的窗户刮进来，吹乱了那两张纸。错误的信息（即真正的作战情报）被交给了特里普，让他用隐形墨水写下来。特里普就范了。多发送一条假情报的代价显得微不足道。

为确保万无一失，并要保证特里普的所有情报都不再被采信，德国人命令警察局局长去英国大使馆揭发特里普与自己之间的交易——也就是他过去在发报之前给德国人看的那些编造的情报。他要给人造成的印象是，特里普知道德国人是会看这些情报的。

特里普一离开德国使馆便被警方逮捕。他被押送回家，获准打包行李。特里普夫人没在家。考博交给他一封伦敦发来的加密电报："开除 XY.27 号特工（他的妻子）。截获她与校友的通信，显示她正与农业渔业部的某某人而非外交部的某某人密谋。不可靠。"

特里普作别了自己的家、考博和吉克森小姐，还有盎格鲁－雷特斯安剧社赠予他的化妆匣，以及他收藏的吉尔伯特和沙利文的作品。他掏空了衣兜里的假胡子、软呢帽和眼镜。"就是它们惹的祸。"他悲伤地对吉克森小姐说。

他被押上了去英国的飞机。

总部准备正式调查他。英国大使的报告已经收到，但在特里普来以前，审判官们的意见却有分歧。麻烦的就是他的报告受到军方的欢迎。如果他们不得不召回之前两年中发出的数百份报告——那些被赞为"最具价值的"情报，那么整个情报部门都将显得很愚蠢。调查委员会主席指出，这样做会使整个部门失信于人。他们的任何一个特工都可能做出同样的事。今后，情报部门的所有人员就都不受信任了。

消息传来时，特里普正在外间办公室里，调查组中最年轻的成员——一个矮小机灵、神情严肃的外交官员模样的人——出来见他。那人急切地对他耳语道："一切都会好起来的。什么都别承认。"

"倘若，"审判团主席说，"他没有发出最后那条消息就好办了。他的其他全部消息都是主观臆断。你们还记得莱比锡的地下工程吧。毕竟，他们都是暗藏在地下的——我们无法**确定**是他编造的。海斯将军特别喜欢那份报告。他说这是报告中的典范。我们已经把它运用到培训课程中了。但是这份报告——它给出了发动进攻的具体时间和日期，就连情报来源也已声明——是德国使馆的武官本人——这一点我们总归无法回避。某某和某某作战师将在今天十点钟越过边境。如果大使此前没警告我们不要乱送假情报，那么陆海空三军就会一齐给我们打电话，质问究竟是谁发来的无稽之谈。进来，特里普。坐下。这是个十分严肃的问题。你清楚对你的指控吧。"

"一切我都认了。"

那个矮小机灵的小伙子激动地低语着："不，不，我是让你否认。"

"你不能一切都认，"主席也同样激动地打断了他，"应当由我们来告诉你，哪些认，哪些不认。当然，最后这封情报——"电话铃响了，他举起听筒："是，是的。我的老天！"

他放下听筒，然后对调查委员会说："今晨，德国人跨过了波兰边境。鉴于这种情况，先生们，我觉得我们应当为特里普先生从雷特斯安发来的这最后一封情报向他道贺。遗憾的是英国使馆笨手笨脚地搞砸了，结果没能让这封情报派上用场——可这毕竟是情报机构的幸运。我们部门内部可以自信地说，情报部门得知了战争爆发的日期和时间。"

特里普被授予英帝国勋章，还被任命为情报部门新成员培训班的主讲人。我们最近一次见到他时，他正走向黑板，手执教鞭。向新成员们介绍他的那个人说："我们资历最老、最可靠的官员之一——他预先得知了德国发动进攻的准确日期甚至是具体钟点——理查德·特里普将为大家讲授'如何管理海外情报站'。"

第十个人

第一部

1

他们中的大多数人靠开饭钟点来估摸时间，尽管饭点既不准时亦无规律；他们整日以最简单无聊的游戏取乐，天黑时则凭着某种默契一同入睡，而不会等夜晚某个特定的钟点，因为他们无从知道准确时间；事实上，有多少个囚犯就有多少种不同的时间。刚被关进来时，这三十二个人共有三块不错的表，外加一个二手且靠不住的——或者说有表的人是这么断言的——闹钟。两个戴手表的人最先离去，他们在某天早晨七点离开牢房——或者是闹钟指向的七点十分——没过多久，也就几个小时以后，当手表重现时，已然戴在其中两名看守的手腕上了。

这样一来，只剩下闹钟和一块系链子的老式银质大怀表，分属火车司机皮埃尔和布尔格的市长。这两人之间渐渐滋生出一种竞争意识。他们把时间视为己有，而不属于其他二十八个人。可是，他们的时间不一致，因此都以一种狂热的姿态捍卫各自的时间。这种狂热使他们与其他狱友疏离，结果每天任何时候总能看到他俩待在这间大水泥窝棚的同一个角落，甚至连吃饭都形影不离。

有一次，市长忘了给怀表上弦。那是充满流言和猜疑的一天，因为前一夜，他们听到了从市区方向传来的枪声，情况正如两个戴手表的人被带走前一样。"人质"这个词犹如被一阵突起的狂风卷集的乌云，一笔一画地在每个人的头脑中凸显出来。牢房里冒出各种古怪的念头，市长和火车司机倒是愈加亲密，似乎害怕德国人存心跟有表的人过不去，要攫夺他们的时间。市长甚至准备向其他狱友提议把余下的两块表藏匿起来，这样总比完全没有表看时间好。然而，当他刚开口想说出这个主意时，忽又觉得这样似乎显得有些懦弱，因此话说了半句就戛然而止。

不管那晚究竟因为何故，反正市长忘了给表上弦。清晨醒来，天色刚刚亮到可以视物，他便急忙查看自己的怀表。"哎，"皮埃尔开口了，"几点钟了？那老古董怎么说？"指针定在一点差一刻的位置，如同被人弃置的黑色残骸。对市长而言，这简直是他一生中最可怖的时刻，比德国人抓到他那天还糟糕，不，远比那天糟得多。监牢破坏了一切感知能力，而最先丧失的是分寸感。他的目光从其他人脸上一一掠过，好似自己实施了某种背叛行为——背弃了唯一真实的时间。他在心中感谢上帝，牢房里没人来自布尔格。犯人中有一个是埃泰恩的剃头匠、三个职员、一个卡车司机、一个菜贩子和一个烟贩子——除一人外，其他所有犯人的社会地位都比他低，这使他感到自己对他们负有更重大的责任，同时，这也使他觉得其他人容易骗过，于是他对自己说，终究还是这样好些：与其让他们依赖各自的无凭臆测和二手闹钟，倒不如让他们相信仍知道正确的时间。

他根据铁栅外灰蒙蒙的天色快速估算了一下。"现在是五点二十五分。"他坚定地回答，并直视着其中一人紧盯的目光，担心他或许会洞穿自己的谎言。这是个巴黎的律师，名叫夏瓦尔，是一个孤独的家伙，不时笨拙地试图证明自己仍然算得上是个人物。其他大多数犯人都将他视作怪人甚至是笑柄：律师可不是生活在我们身边的普通人；他原本是在某些特定场合才被摆出来的气派的玩偶，可如今他早已失去那身黑袍，什么都不是了。

"胡说，"皮埃尔说，"那老古董怎么啦？现在可是六点差一刻。"

"你那种廉价闹钟总是走得快。"

仿佛出于习惯，律师尖锐地指出："昨天你是说它走得慢。"从那一刻起，市长开始敌视夏瓦尔。狱中只有夏瓦尔和他是有头有脸的人。他心想：我可绝不会这么不给夏瓦尔面子。他随即开始搜肠刮肚地找寻一个合理的解释——某种隐秘而卑鄙的动机。尽管律师极少说话，也没有朋友，但市长得出的结论是："哗众取宠。他以为他将会统治这个监牢。他想做个独裁者。"

"让我们瞧瞧老古董吧。"皮埃尔说。不过，怀表被银链牢靠地拴在市长的马甲上，链子上沉甸甸地挂着一些印章和硬币。它是不可能被夺走的。对这个要求他完全可以嗤之以鼻。

然而，那一天却在市长心中留下了永久的烙印，跟其他那些令人异常焦虑的黑暗日子一起，形成了一套个人独有的日历，譬如结婚、第一个孩子出世、市政会选举、妻子去世等等。他必须想方设法让表继续走起来，还得在没人留意时将指针调到一个合理的时间——可他感觉巴黎来的律师整日盯着自己。给表上弦其实相当简单，即便表没停也得上弦，他只需将发条上到一半，当天晚些时候再若无其事地拧一两圈就行。

就连这都没逃过皮埃尔的眼睛。"你忙活什么呢？"他狐疑地问道，"你已经上过一次弦了。老古董是不是坏了？"

"我根本没过脑子就上起弦了。"市长回答，可他的脑筋从未转得如此之快。他的表已有一半天时间比皮埃尔的闹钟晚了五个钟头，要找机会调整指针便愈发困难了。在这里，即便解决内急时也没有机会。院子里摆放的一排水桶就是厕所，而且为了便于看守看管，不许任何犯人单独上厕所，一次至少去六个人。市长也不能一直等到晚上，因为牢房里不许点灯，所以天太黑时无法看清指针。他还得始终在头脑中记录流逝的时间；一有机会就必须马上行动，连停下来犹犹豫豫地矫正一刻钟都不行。

终于，在傍晚时由于打牌爆发了一场争吵——他们玩的是一种用自制纸牌玩的呼"同"牌戏[1]——有些犯人大部分时间就玩这个。有片刻工夫，大家注目的焦点都在玩牌者身上，市长趁机掏出怀表，迅速调整了指针。

"几点了？"律师问。市长吓了一跳，仿佛他在证人席上被一个猝不及防的问题给难倒了似的。律师注视着他，脸上挂着习惯性绷紧的愁容，表明过去的生活没有给他留下任何东西，以便支撑他挨过如今的悲凄境地。

"五点二十五。"

"我以为比这要晚呢。"

"这就是我的时间。"市长厉声回应。这的确是**他的**时间。从今往后，他甚至连一丝一毫出错的可能性都看不出来了。他的时间不会错，因为这就是他自己创造的。

2

路易斯·夏瓦尔始终不理解市长为什么记恨自己，但

1　呼"同"牌戏（snap）是一种简单牌戏，玩者各自将手中的牌一张张发放到桌面上，抢先认出两张相同者即呼"同"（snap），桌面所有的牌便统归先呼者。

仇恨确实存在，这一点他是不会搞错的：法庭上，那种神情他在证人或犯人脸上见得太多了。而今，他自身沦为囚犯，却发现自己根本无法适应这种全新的视角。他试探着去接触其他狱友，但总不成功，因为他总把他们看作天生的囚犯，无论如何迟早都会因偷窃、欠债或性侵犯而锒铛入狱——而他自己，则是被误投监牢的。有这样的心境，市长显然就是他的伙伴了。尽管他清楚地记得在外省[1]发生的一起挪用公款案也与一位市长有关，他仍旧认为市长并非生来就是囚犯。他笨拙地向市长示好，却惊讶并困惑于他显露的厌恶之态。

其他人对他还算和善友好。如果他对他们说话，他们会回应，不过他们勉强能算是主动与他交谈的只是问候早、晚安而已。过了些时日之后，对他而言即便是在狱中，被人问候早、晚安简直是一件可怕的事。别人会对他说"早安"、"晚安"，仿佛他们是在大街上跟他打招呼，而他正沿街走过，直奔法庭。然而，他们全都被关在一个三十五英尺长、十七英尺宽的水泥窝棚里。

1　外省（the provinces）：法国人习惯上将巴黎以外的法国地区称为外省。

有一周多时间，他尽可能挺自然地表现得像个囚犯，甚至挤进了打牌的阵营，但他发现自己根本担负不起赌注。他不会因输钱给他们而怀恨在心，但他的资源——他入狱时带来并被允许保留的几张钞票——是狱友们不可及的，而他发现别人愿意下的赌注也是自己所不及的。他们会为一双袜子之类的东西下注，而输家会把光脚蹬进鞋里，伺机报复。然而，律师害怕失去任何此类东西——它们为他打上绅士的烙印，标志着他是个有身份和家财的人。他不再玩牌了，虽然他实际上打得很好，还赢过一件缺了几粒扣子的马甲。晚些在黄昏时，他把马甲还给原主了，这为他在所有人眼中永远打上了烙印——他是个不愿冒风险的人。他们倒也没因此而责怪他。对一个律师，你还能指望什么呢？

没有哪个城市比他们的牢房更拥挤。一周又一周过去了，夏瓦尔感悟出一个人在城里也会寂寞难耐。他对自己说，每过一天都离战争结束更近了——总有人会在某个时候取胜，他不再那么关心哪方是胜者，只要战争结束就行。他是个人质，但他极少想到人质有时会被毙掉。两个同监犯人之死只在瞬间使他震惊，但他感到过于失落且被人遗弃，以至于意识不到他自己也有可能从这间拥挤的牢房中被挑出来。在人群中，既安全，又孤独。

有一次，他渴望记起并向自己证实，他此前过着某种生活，有朝一日还将复归到往昔的生活中去。这一愿望变得太强烈了，他终于无法再保持沉默。他在牢房里将自己的位置挪到其中一位小职员身旁。那是个瘦削、寡言的年轻人，出于某种原因，同伴们给他起了个古怪的绰号，叫"詹弗耶"[1]。或许是由于他的一个狱友灵感不期而至，看他年纪轻轻，尚未成熟就被严霜所扼杀？

"詹弗耶，"夏瓦尔问，"你旅游过吗——我是说，在法国？"这是典型的律师做派，即便是在试图与人交往时，他也会像对证人说话那样以提问来进行。

"从没去过离巴黎太远的地方，"詹弗耶回答，接着灵机一动，补充道，"哦，枫丹白露，有年夏天我去过那里。"

"你不知道布里纳克吗？它就在从东站[2]发车的主干线上。"

"从没听说过。"年轻人忧悒地说，仿佛被指控犯了

---

1 原文是法语 Janvier，意为"一月"。

2 东站（Gare de l'Est）位于法国巴黎市，是巴黎的七大火车站之一。

什么事儿。他发出一长串的干咳，听上去犹如锅里翻炒干豌豆似的。

"那你也就不知道我的村子了吧，布里纳克的圣·让？它在镇子外往东两英里。我的房子就在那儿。"

"我还以为你是从巴黎来的。"

"我在巴黎工作，"律师说，"等我退休了，我会回到圣·让去。父亲将房子传给了我，这也是他父亲传下来的。"

"你父亲是做什么的？"詹弗耶略带好奇地问。

"律师。"

"那他父亲呢？"

"也是律师。"

"我猜，这行当适合某些人，"职员说，"对我来说似乎有点儿乏味。"

"如果你有一小片纸，"夏瓦尔继续说，"我可以为你画出那房子和花园的图纸。"

"我没有，"詹弗耶说，"还是别费劲了。那是你的房子，不是我的。"他又咳嗽起来，将枯瘦的双手紧按在膝盖上。他仿佛以此终结一次来访，却无法为来访者做什么。完全无能为力。

夏瓦尔挪开了，到皮埃尔面前停下来。"请问几点钟了？"他说。

"差五分钟十二点。"近旁的市长幸灾乐祸地嘟囔了一句："又慢了。"

"干你们这一行的，"夏瓦尔说，"我想应该见多识广吧？"这话听着犹如反诘者希望抓住证人的疏漏时所装出来的伪善。

"也对，也不对。"皮埃尔说。

"难道你就没听说过有个叫布里纳克的车站？出了东站大约一小时车程。"

"从没跑过那趟线，"皮埃尔说，"我是蒙帕尔纳斯[1]车站的。"

"噢，是吗。那你也不会知道圣·让……"他无望地放弃了，而后再次背靠冰冷的水泥墙坐下，依旧远离其他所有人。

就在那晚，他们听到了第三次枪声：先是爆出一阵短促的机关枪开火声，一些零散的来福枪声，还有一次听来

1　蒙帕尔纳斯车站（Gare Montparnasse）是法国国铁在巴黎的七大列车始发站之一，位于巴黎市区南偏西的十四区。

像榴弹爆炸的响声。犯人们四肢摊开躺在地上，谁都没有议论。他们等待着，没有入眠。大多数情况下，你无法分辨他们究竟是如同身陷危境的人那样感到焦虑，抑或像守在病榻前的人初闻沉寂已久的躯体重现生机时那般欣喜。夏瓦尔跟其他人一样平静地躺着：他并不恐惧，他在此处已被埋得太深，不会被人发现。市长用双臂裹住他的怀表，徒劳地想要湮没老式表针那"嘀嗒嘀"的持续不断的声响。

3

翌日下午三点（闹钟时间），一位军官走进牢房。数周以来，这是他们见过的第一位军官，此人年纪很轻，经验不足，甚至连被他刮得过狠的左上侧髭须的形态都暴露了这一点。他仿若一个学童首度走上领奖台那般拘谨，讲话也很唐突，意在让人以为他拥有一种实际并不具备的力量。他说："昨晚，镇上发生谋杀案。死者有政府军的副官，一位中士和一个骑单车的姑娘。"他补充道，"对那姑娘，我们无话可说。我们容许法国男人杀死法国娘们儿。"显然，他事前对这番演说经过深思熟虑，但讽刺得过了头，说出来跟业余演员的表现一样。整个场面就如拙劣的伪装般不真实。他又说："你们清楚自己在这儿是干什么的，过得舒坦，口粮充足，而与此同时，我们的人却在干活，在打仗。那么现在，你们必须付旅店的房费了。可别怪我们。怪你们那帮杀人犯吧。我接到命令，在这个集中营里，每十人中枪毙一个。你们总共有多少人？"他厉声喝道，"报数！"犯人们神情阴郁地遵命："……二十八、二十九、三十。"他们明白，他不数也知道结果。这只不过是他拙劣表演中不肯被牺牲掉的一句台词。他说："那么，你们的配额就是三个人。我们不管是哪三个。你们自己选吧。葬礼明早七点开始。"

这番装模作样之后，他们能听到他刺耳的脚步声在沥青路上渐渐远去。夏瓦尔琢磨了一下哪个音节是被刻意表演出来的——"晚上"、"姑娘"、"除了"，或许是"三十"，但是"人质"这个词肯定在内。

众人缄默许久；之后，一个名叫克洛夫的阿尔萨斯人开了口："怎么，咱们还得自告奋勇吗？"

"废话，"一个戴夹鼻眼睛、年长而瘦削的职员说，"没人会自告奋勇。咱们得抓阄。"他又补充道，"除非大家认为应该按年龄排序——最大的排第一。"

"不，不行，"另一个人说，"这不公平。"

"这是自然之道。"

"连自然之道都算不上，"又有个人说，"我有个小孩，她五岁时就死了……"

"我们必须抓阄，"市长口气坚决，"只有这样才公平。"他坐在那儿，双手仍按在腹部掩藏他的表，但整个牢房分明都听得见它硬生生的嘀嗒声。他又说："未婚的来抓阄。结了婚的不该算在内。他们担负着责任……"

"哈，哈！"皮埃尔说，"我们可看透了。结了婚的为什么就能逃掉？他们的任务已经完成了。你，想必结婚了吧？"

"我没有妻子了，"市长说，"我现在是单身。那你……"

"结婚了。"皮埃尔说。

市长开始解怀表，他得知自己的对手可以安然置身事外，似乎证实了他的信念：自己作为拥有时间的人，注定将成为下一个受难者。他的视线从一张张脸上扫过，最终选择了夏瓦尔——或许是因为只有他穿着马甲，正适合承接怀表。他说："夏瓦尔先生，我想让你替我拿着这块表，假如我……"

"你最好找别人，"夏瓦尔说，"我没结婚。"

年长的职员又开口了。他说："我是结了婚的。我有发言权。这事咱们从一开始就错了。每个人都得抓阄。这可不是咱们最后一次抓阄，你们想想看吧，如果咱们这个牢里出现一个特权阶级——有人一直活到最后，那会是个什么局面呢。你们当中余下的人很快就会开始记恨我们，我们感受不到你们的恐惧……"

"他说得对。"皮埃尔说。

市长复又系好怀表。"随你们的便，"他说，"可如果收税时也这样的话……"他做了个绝望的手势。

"咱们怎么抓？"克洛夫问。

夏瓦尔说："最快的方法是从一只鞋里抽出带标记的纸签……"

克洛夫轻蔑地说："干吗要最快的方法？对我们有的人来说，这将是最后一次赌博。我们至少也得享受过程。我提议抛硬币。"

"这行不通，"职员说，"抛硬币机会不均等。"

"唯一的方法就是抓阄。"市长说。

职员牺牲掉了一封家书来准备纸签。他将家信迅速地读了最后一遍，接着将它撕成三十块碎片。他用铅笔在三片纸签上打了个叉，然后将每个纸片折起来。

"克洛夫的鞋最大。"他说。他们在地上把纸签打乱了，随后将它们放进鞋里。

"咱们按字母顺序抓。"市长说。

"从 Z 开始。"夏瓦尔说。他的安全感动摇了。他撕着嘴唇上的一块干皮，迫切地想要喝一杯。

"就按你说的，"卡车司机说，"有人比弗瓦曾[1]靠后吗？那我抓啦。"他把手插进鞋里，仔细翻找了几遍，仿佛他心里想着某个特定的纸片。他抽出一个，打开来，震惊地盯着它看。他说："就是它了。"他坐了下来，摸索出一支香烟，但当他叼上烟以后，却忘了点火。

夏瓦尔心中充斥着莫大的喜悦，喜悦之中掺杂着羞惭。他似乎感到自己已经得救了——二十九个人要抽，而只剩两张带记号的纸签。概率突然间朝着有利于他的方向倾斜

---

1 弗瓦曾，法语姓氏之一，拼写为 Voisin，法语字母的顺序与英语相同，V 是比较靠后的。

了，从十比一到十四比一。菜贩子已经抽了签，漫不经心且不露喜色地示意他没中签。实际上，抓阄甫一开始，任何喜形于色都是禁忌：你不能流露出丝毫松快的迹象来嘲弄被宣判死刑的人。

一种隐约的不安——尚不能称其为恐惧——再次笼罩在夏瓦尔心头，仿佛有什么东西在收紧似的。他发现自己在第六个人抽出空白纸签时打了个哈欠，当第十个人——那个号称"詹弗耶"的家伙——抽完之后，一种悲痛而愤懑的感觉啃噬着他的心，概率又跟刚开始抓阄时一样了。有的人会抽手指最先碰到的纸签；另一些人似乎怀疑命运正企图将某个特定的纸签强加于己，于是当他们从鞋里稍稍捏起一个纸签，随即又将它放回去，另选一个。时间过得出奇的慢，那个名叫弗瓦曾的人倚墙坐着，嘴里叼着未点火的烟，对其他人漠不关心。

当年长的职员——他的名字叫勒诺特——抽到第二个死签时，几率已降到八分之一了。他清了清喉咙，戴上夹鼻眼镜，仿佛他必须确认自己没弄错似的。"啊，弗瓦曾先生，"他带着一丝游移不定的浅笑说，"我可以跟你一起吗？"这一次，夏瓦尔没觉得欢喜，尽管那难以捉摸的概率变为十五比一，再次对他极为有利了。他被寻常人的勇气吓住了。他希望这整件事尽快了结，它就像一场持续过久的纸牌游戏，他只寄望于有人走开，解散牌桌。勒诺特挨着弗瓦曾，靠墙坐下来，他翻到纸签背面，那上面有一小片字迹。

"你妻子？"弗瓦曾问。

"我女儿，"勒诺特说，"失陪了。"他走向自己的铺盖卷儿，抽出一个便签簿。接着，他坐到弗瓦曾身旁，开始从容不迫地认真写起来，字迹纤细可辨。概率恢复到十比一。

从那一刻起，中签的概率似乎以一种在劫难逃的可怕气势向夏瓦尔逼近：九比一、八比一……它们犹如指向他的手指。剩下的人们越抓越快，也愈加不用心了。在夏瓦尔看来，他们之间有心灵感应——知道他就是那个人。轮到他时只剩下三个签了，对夏瓦尔而言，只留给自己这么一丁点儿选择，简直是不公平之极。他从鞋里抽出一个，接着便确凿地感到他的狱友们就想让他拿这一签，这必是用铅笔打上了叉的，于是他将它扔回去，飞快地抓起另一个。

"你偷看了，律师。"余下两人中的一个大叫着，但另一个人的话使他闭上了嘴。

"他没看。现在他拿的才是带记号的。"

4

勒诺特说:"到这儿来,夏瓦尔先生,和我们坐一起吧。"仿佛他正在给予夏瓦尔一个提高身价的机会,到公开宴请中最好的餐桌上去。

"不,"夏瓦尔说,"不。"他把纸签扔到地上,大叫起来:"我从没同意过抓阄。你们不能**逼**我为你们去死……"

他们惊讶地注视着他,却不带敌意。他是个绅士。他们没有用他们自己的标准来评判他:他属于一个他们不可理解的阶级,他们起初甚至都没将怯懦与他的举止联系起来。

克洛夫说:"坐下歇歇吧。再也没什么可担心的了。"

"你们不能,"夏瓦尔说,"这是胡闹。德国人不会让我去死的,我是有财产的人。"

勒诺特说:"现在你就别激动了,夏瓦尔先生,即便不是这次，下次也会……"

"你们不能逼我。"夏瓦尔重复道。

"逼你的可不是我们。"克洛夫说。

"听我说。"夏瓦尔向他们恳求道。他探出那张纸签，而他们全带着同情的好奇心注视着他。"不管谁拿走这个签，我都会给他十万法郎。"

他已经失控了，近乎不折不扣的失控，仿佛某种潜藏在他体内的镇静已抽身而出，听着他荒谬的提议，观看他的躯体显出可鄙的惧怕姿态，苦苦哀求。那个镇静的夏瓦尔似乎在用冷嘲的戏谑口吻说："演得真棒啊。再稍微夸张点儿。你早该成为演员了，老伙计。你根本不知道吗，这就是瞎碰啊。"

他步子细碎而迅速地从一个人转向另一个人，向每个人出示那个纸签，犹如一场拍卖会的工作人员。"十万法郎。"他恳求着，而他们则盯着他看，感到震惊，又生出悲悯：他是这群人中唯一的富人，而这又是个独特的局面。他们没有参照和比较，于是认定这是他那个阶级的特征，正如一个旅客在某个国外的港口走下班轮吃午餐，会依据恰与他同桌的油滑商人来判断该地永恒的国民性。

"十万法郎。"他恳求着，而那个镇静无愧的夏瓦尔在他身旁低语："你这是老一套了。还讲什么价钱啊？为何不把你拥有的一切都拿出来？"

"冷静点，夏瓦尔先生，"勒诺特说，"稍微一想就知道——没人会为他永远享用不了的钱而送命的。"

"我会把我的一切都给你，"夏瓦尔说，他的声音里迸出绝望，"钱，土地，我的全部，还有布里纳克的圣·让……"

弗瓦曾不耐烦地说："我们没有一个人想死，夏瓦尔先生。"勒诺特则操着在癫狂的夏瓦尔看来令人震惊的正经口吻重复道："冷静点，夏瓦尔先生。"

夏瓦尔的声音突然冒了出来。"一切。"他说。

终于，他们变得对他不耐烦起来。宽容是个耐心的问题，耐心是与神经相关的问题，而他们的神经都很紧张了。"坐下，"克洛夫猛地冲他吼道，"闭上你的嘴。"即便在那一刻，勒诺特依然友善地给他腾出了地方，轻拍着他身旁的地面。

"完了，"那个镇静的夏瓦尔低声说，"你完了。你表现得不够好。你得再想点儿别的办法才行……"

一个声音响起:"再多告诉我点儿情况。或许,我会买。"那人便是詹弗耶。

5

他从没指望真的有人提出要买;此前,是癫狂而非希望全权掌控着他的行为举止;这时,他过了许久才明白,人家不是在捉弄自己。他重复道:"我的一切。"癫狂犹如疮疤脱落,余留的就是羞耻感。

"别开他的玩笑。"勒诺特说。

"我没开玩笑。我告诉你,我要买。"

长时间的沉默,仿佛没人知道下一步要做什么。一个人要如何将自己拥有的一切拱手让出呢?他们打量着夏瓦尔,仿佛期待他掏空衣服口袋。夏瓦尔说:"你会顶替我的位置?"

"我会顶替你的位置。"

克洛夫不耐烦地说:"那他的钱还有什么用处呢?"

"我可以立遗嘱,不是吗?"

弗瓦曾将未点燃的香烟从嘴里骤然抽出，猛地碾在地上。他大叫道："所有这些闹腾我都讨厌。为什么就不能顺其自然呢？勒诺特和我，我们买不回**自己**的性命。为什么他就可以？"

勒诺特说："冷静点，弗瓦曾先生。"

"这不公平。"弗瓦曾说。

显然，狱中大多数人都和弗瓦曾有同感，他们曾耐心地看待夏瓦尔的歇斯底里——赴死毕竟不是开玩笑的，你不能指望一个绅士表现得与其他人相若。阶级就是一切，或许你稍为厚道点儿地归结起来便是如此，但眼下的这件事却不一样。正如弗瓦曾所说：这不公平。唯有勒诺特处之泰然：他一生从商，他曾冷眼旁观，许多生意做到最后，胜出者并非最出色的人。

詹弗耶打断了话茬。"公平？"他说，"让我做自己想做的事情，怎么就不公平了？只要你们敢做，你们都能成为有钱人，可你们又没这个胆量。我发现自己的机会来了，就抓住了它。要说公平，这当然公平。我死时会是个有钱人，谁要是觉得不公平就见鬼去吧。"他咳嗽时再次发出锅里翻炒豌豆的声响。他把所有的反对意见都压下去了：他的做派已然像是占有了半个世界的人。其他囚犯的评判标准亦如沉重的砝码在天平上变动着——曾经富有的那个人，已有一只脚跨进了他们的行列，而詹弗耶已在财富的朦胧雾团的笼罩下昏了头。他厉声命令道："过来。坐在这儿。"夏瓦尔顺从了，但交易成功引起的耻辱让他走起路来有些佝偻。

"既然，"詹弗耶说，"你是律师，那就得由你按照正规格式来草拟一份财产清单了。总共有多少钱？"

"三十万法郎吧。我没法跟你说得那么精确。"

"那么，你刚才提到的这个地方呢？圣·让。"

"六英亩地，还有一幢房子。"

"完全保有地产权吗？"

"对。"

"你住在巴黎的什么地方？你在那儿有房子吗？"

"只是个租住的公寓。我没有产权。"

"家具呢？"

"没有——只有书。"

"坐下，"詹弗耶说，"你来帮我写——怎么说来着？——一份赠予契约。"

"好。但我需要纸。"

"你可以用我的便签簿。"勒诺特说。

夏瓦尔在詹弗耶身旁坐下，开始写道："本人是让·路易·夏瓦尔，律师，住址是巴黎米洛美斯涅大街 119 号，以及布里纳克的圣·让……我在……账户中的全部股票份额和现金……全部家具、动产……位于布里纳克圣·让的完全保有地产权的财产……"他说："需要两位见证人。"勒诺特出于习惯当即提议由自己做见证，他走上前的架势，恰如他的老板摇铃喊他进去，而他则像是从外间办公室走过来。

"你就算了，"詹弗耶粗鲁地说，"我想要活人做见证。"

"您或许愿意？"夏瓦尔谦卑地询问市长，仿佛他自己是个小职员。

"这份文件非常古怪，"市长说，"我不知道，处于我这种地位的人，是否可以签署……"

"那我来吧，"皮埃尔说着就大笔一挥，在夏瓦尔的签名下面署上了自己的名字。

市长说："最好找个可靠的人。那个人只要有酒喝，什么都会签的。"他将自己的签名挤在了皮埃尔签字上方的空白处。当他俯下身时，他们能听到他口袋里的大怀表嘀嘀嗒嗒地响着，一点点地蚕食掉天黑前的短暂时间。

"好了，现在是遗嘱，"詹弗耶说，"你写下来——我拥有的全部财产将留给我的母亲和妹妹每人一半。"

夏瓦尔说："那简单，只需要几行就好了。"

"不，不行，"詹弗耶说，"还要再列出来……银行里的股票份额和现金，以及完全保有地产权的财产……她们会需要一些东西，好去向我家的邻居们证明我是个怎样的人。"遗嘱完成后，克洛夫和菜贩子签了字。"你来保管这些文件吧，"詹弗耶对市长说，"德国人处决我以后，可能会让你将它们寄出去。不然的话，你就得一直保管到战争结束了……"他咳嗽起来，于是带着倦意往墙上一靠。他说："我有钱了。我就知道，我会成为有钱人。"

光线逐渐从牢房里消退了；它犹如一匹地毯似的从牢房一侧卷到另一侧。暮色掩盖了詹弗耶，而坐在弗瓦曾身旁的那个职员，仍可以借助足够的光亮继续写着。一种肃穆的平静降临，歇斯底里的发作已经终结，再没什么可说的了。怀表与闹钟步调不一地向夜晚挺进，詹弗耶不时咳嗽着。当暮色已深，詹弗耶唤道："夏瓦尔。"仿佛他在召唤一个仆人，而夏瓦尔也顺从了。詹弗耶说："跟我说说我的房子。"

"出了村子大概两英里。"

"有几间屋子？"

"有起居室、我的书房、大客厅、五间卧室、我的公务会客室，当然，还有浴室、厨房……还有佣人的房间。"

"给我讲讲厨房吧。"

"我对厨房了解得不多。它很大，石板地面。我的管家倒是一直挺满意。"

"现在她人呢？"

"现在那儿没人了。战争一开始，我就把房子锁了起来。我算是幸运的。德国人从没发现过它。"

"那园子呢？"

"草坪上有一个小的露台，地上是斜坡，你能一直看到河水，还有更远处的圣·让……"

"你种了很多蔬菜吗？"

"对，还有果树：苹果、李子、核桃，还有一座玻璃温室，"他对詹弗耶继续说着，也仿佛在自言自语，"你进入园子时，是看不到房子的。有一扇木门，还有一条蜿蜒的石子路，道旁是大树和灌木。转眼间，小路就通到了露台前，然后分为两岔：左边那条路拐向佣人的住处，右边通往正门。我母亲从前就在那里看是否来了她不愿见的访客。没有客人能逃得过她的眼睛。我祖父年轻的时候，也曾恰如我母亲那样盯着……"

"这房子有多少年头了？"詹弗耶打断了他。

"有两百二十三年了。"夏瓦尔回答。

"太老了，"詹弗耶说，"我本想要个摩登点儿的。老太太有风湿病。"

黑暗早已裹住了他们两人，现在，最后一线光亮也从牢房的天花板上划过去了。人们自动入眠了。枕头像小孩子似的被抖落、被拍打、被拥抱。哲人们说，过去、现在和将来是同时共存的。在如此沉重的黑暗中，许多过往必然会活跃起来：一辆卡车驶入了蒙帕尔纳斯大道；一个姑娘噘起嘴来接受亲吻；市政会选举出一位市长；对于那三个前途如诞生一般无可改变的人而言，他们心里想的是那条五十码长的煤渣小路，还有一面碎裂坑洼的砖墙。

在夏瓦尔看来，自己的歇斯底里现在已经过去，而那条区区小路，却终究比自己双脚已踏上的这条昏暗的漫漫长路更令人无限向往。

第二部

6

一个自称是"让·路易·夏洛特"的男人，沿着布里纳克圣·让的一栋房子的车道走来。

一切皆如他所记忆的那般，却又有些极为细微的变化，仿佛这个地方是跟他以不同的速度添了年纪。四年前，他曾将房子锁起来，对他而言，此后的时光几近停滞不前，而此处却时光飞逝。数百年间，这幢房子年岁渐长的痕迹几乎无法被觉察：岁月只不过是墙砖上一个流转的阴影。这栋房子犹如一个上了年纪的妇人，也有过花样的年华——曾适时美容悦目；而今，一晃四年之间，所有的努力都白费了，仿若裂纹贯穿了瓷釉却无人翻新。

车道上，砾石路已被丛生的杂草遮蔽，一棵倒下的大树恰好横挡在路上，尽管有人已将枝条砍下做了柴火，树干却仍躺在那里，证明已经很久没有车开到房子这儿来了。每一步路对这个胡子拉碴的男人而言都是熟稔的，可他却像个陌生人似的，每到一个转弯处都谨慎前行。他在这里出生：幼年时，他曾在灌木丛中玩捉迷藏；少年时，他曾经怀揣着初恋的忧愁与甜蜜在林荫车道上徘徊。再往前走十码便是一道小门，穿过小门的路通往菜园，沿途是浓荫的月桂树。

门板已不复存在，唯有门柱证明他记的没错。甚至连曾经固定合叶的钉子都被小心翼翼地撬了下来，改用在其他某个更紧急的地方了。他避开了车道，尚不愿直面这幢房子，犹如罪犯重返犯罪现场，又如情人重游分手之地，他来来回回兜着圈儿走，而不敢走直线，那样会过早地终结自己的朝圣之旅，而此后他再也无事可做了。

玻璃温室显然已被荒废多年，尽管他记得曾告诉过拾掇园子的老人，让他继续打理园子，然后把蔬菜卖掉，尽可能买点儿在布里纳克能买到的东西。或许，那个老人已经死了，而村里也没人自告奋勇地充当他的继任者。又或许，村子里已经一个人都不剩了。玻璃温室旁的那些土地被践踏过，什么都未栽种。他从所立之处能看到丑陋的红砖教堂仿佛一个惊叹号似的直指苍穹，终结了一个他置身此处无法读到的句子。

随后，他发现这里到底还是种了点儿东西的：有一块地上的杂草被清除了，取而代之的是一些马铃薯、卷心菜和皱叶甘蓝。宛如你划出来给小孩子种菜用的园子，只是一块比地毯大不了多少的地方，周围遍布着荒地。他记得过去这里都有什么——草莓圃、红醋栗树丛、覆盆子，还有又甜又苦的草药气味。一堵墙将这个园子跟田野分隔开来，墙上有一处已经坍圮，又或许是某个劫匪在这堵老旧的石墙上开了条缝儿，以便进入园子。这些想必是很久以前的事了，因为墙上掉落的石头都已长满了荨麻。他站在墙边，透过那个豁口久久注视着某样历久而不变的东西——通往榆树林与河面的那道长长的草坡。他原先以为，家就是他自己拥有的某样东西，但他曾经拥有的那些东西都因变迁而遭殃；反倒是他不曾拥有的东西保持着原貌，欢迎他归来。这里的景观**非他所有**，亦非任何人的家：它就只是家而已。

现在，除了离去，他再也无事可做了。可如果他离开，除了投河自尽之外，他还能做什么呢？他几乎一文不名；重获自由身还不足一周，他就已明白自己要想找份工作是多么不切实际。

那天早上七点钟（按市长的表是七点零五分，按皮埃尔的闹钟则是差两分钟七点），德国人来提走了弗瓦曾、勒诺特和詹弗耶。那是他平生最大的耻辱，他背靠墙坐着，注视着狱友们的脸，等待枪声响起。他也成为了他们中的一员，既没有钱，也没有地位。他们下意识地接受了他，并开始以他们自己的标准去评判他，谴责他。他仿佛乞丐似的曳脚而行，来至自己的家门口，此刻他感到的耻辱正与行刑那天一般深重。他心有不甘地意识到，詹弗耶在死后竟仍能给人带来好处。

空荡荡的窗户目睹着他走近，仿佛沿房子的墙壁围坐了一圈人在盯着他看似的。他曾一度抬头仰望，一切尽收眼底：窗框未上漆，原先他的书房里到处都是碎玻璃，台阶扶手有两处破损。随后，他的目光再次落到自己脚上，沿着砾石路朝前曳足走去。他恍然意识到，这幢房子或许仍旧空着，但当他转过台阶的拐角，慢吞吞地拾阶而上及至门前时，他看到了一些被占用的细微迹象，就跟他在菜园里注意到的一样。台阶一尘不染。他伸出手去拉门铃，就像做出一个绝望的手势。他曾竭尽全力不再回来，可如今他却在此现身了。

7

当让·路易·夏洛特重返巴黎时，欢庆胜利的旗帜已经飘扬了好几个月了。他的鞋面还算马马虎虎，但鞋底磨得都快跟纸一样薄了。他深色的律师套装带着被监禁多年的印记。他原以为自己身陷囹圄时仍保持着得体的外表，可现在，残酷的阳光犹如一个二手贩似的在他衣服上触摸，指出衣料皱巴巴的，纽扣也丢了，而且整体很邋遢。不过，巴黎本身也挺邋遢的，这倒多少是种安慰。

在夏洛特的衣服口袋里，用一小片儿报纸包着一把剃刀和一块肥皂头。此外，他还有三百法郎。他什么证件都没有，却有比各种证件更管用的东西——由监狱长官开具的文件，一年前，德国人在那上面仔细地记录下他向他们供述的虚假细节——包括夏洛特这个假名。此时，在法国，这样一份东西比法律文件更值钱，因为没有一个法奸拥有德国监狱的档案文件，上面有最具效力的照片——正面照和侧面照。而自从夏洛特开始蓄须，他的面部就已发生了某些变化，但如果仔细审视，它依旧还是那张脸。德国人简直是最先进的档案保管员，文件上的照片可以被轻而易举地替换掉，整形手术可以添加或是消除伤疤，但是要改变头骨的实际尺寸就没那么容易了。这些德国人的档案登记工作做得滴水不漏。

尽管如此，法奸中再没有人比夏洛特更能感到自己在被追捕，因为他的过去同样令人不齿。他无法向任何人解释自己的钱财是如何丢失的——如果这事确实还尚不为人知的话。他始终感到在街角被似曾相识的面孔盯梢，他被自己想象中认识的背影赶下了公共汽车。在巴黎，他刻意搬到自己陌生的地方去。他心中的巴黎，从来就只是一个小小的巴黎：他为它勾勒的轮廓包括他自己的公寓、法庭、歌剧院、蒙帕尔纳斯火车站以及一两处餐馆。在这些点之间，他只知道两两相连的最短路线。现在他只需挪开一步，就能遁入未知的地域：地下铁在他面前像丛林一般铺展开来，发生战事的地带和之外的地方是他可以安然游荡的荒漠。

但他除了游荡之外，还必须做点什么：他得谋份差事。有些时候——在他饮下走出牢狱后的第一杯酒之后——这时他便觉得相当有把握能卷土重来，重新积聚起他已经签字放弃的那些钱财，最终他做起白日梦，亢奋之中，他还买回了自己在布里纳克的圣·让的旧宅，兴高采烈地穿梭于一个又一个房间；而此刻，他看到了自己的脸在玻璃水瓶上的倒影——夏洛特那张胡子拉碴的脸。这是一张失败者的面孔。他觉得这真是咄咄怪事，一次精神上的溃败竟会留下就像流浪汉脸上的那种根深蒂固的痕迹。不过，他当然可以客观地对自己说：这不是一次溃败，而是为"天将降大任"所做的毕生准备。一位艺术家可不是在寥寥数小时内完成其画作的，而是在他拿起画笔之前就已积累了多年经验，对于失败也是同样的道理。他曾经做过律师这一时下流行的行当，这是他的宝贵财富；他过去继承的财产比自己挣的还要多。要是只靠他自己，他绝对无法企及自己现在的高度。

尽管如此，他已经数次尝试以一种适当的方式来维持生计。他申请了一个语言学校老师的职位，此类学校在城市里不胜枚举。尽管战争仍在法国边境之外嗡嗡低回，贝立兹[1]们和类似的机构早已生意兴隆起来：大批外国士兵取代了和平时期的游客，迫切地想要学习法语。

面试他的是一位衣冠楚楚的瘦削男人，身穿双排扣礼服大衣，闻上去有一股淡淡的卫生球味儿。"恐怕，"他最终开口说，"你的口音不够好。"

"不够好！"夏洛特惊诧地叫出声来。

"对于这家机构而言还不够好。我们是高标准、严要求的。我们的教师必须具备最优的、最出类拔萃的巴黎腔。很遗憾，先生。"他说话时咬字极为清晰，仿佛他只习惯对外国人讲话，而且他只用最简单的措辞——他接受的训练是直截了当的表达方式。他沉思默想的目光停留在夏洛特的那双破鞋上。于是，夏洛特离开了那里。

或许，那个男人在某些方面让他想起了勒诺特。于是，他刚一离开这家机构，旋即意识到自己本可做个职员，过上还算说得过去的好日子。他的法律知识能派上用场，对此他可以解释说，自己曾一度希望能被受命出庭，但他的

---

1 贝立兹（Berlitz）是一所全球化的语言培训机构，创立于1878年，在多个国家拥有学习中心。

钱都花光了……

他应征了《费加罗报》上的一则招聘广告，地点位于霍斯曼大道旁一栋灰色高楼的三层。他发现那间办公室，给人感觉像是结束敌军占领后刚做过扫除似的：灰土和稻草被扫到墙根底下，家具看上去仿佛是新近从板条箱里取出来的，而此前它们已被装箱尘封许久了。当战争结束时，人们会忘记自己和世界历经了多少沧桑，因此需要譬如一件家具或一顶女帽之类的某样物件，来唤醒对时间的感知。这套家具全部由金属管组成，使屋子显得像是轮船上的一间轮机舱，但它想必是一艘已经搁浅多年的船——管子都已失去了光泽。这要是在 1939 年就算过时的了，但在1944 年，它们反倒有一种仿古家具的派头。一个老头接待了夏洛特。当家具尚新的时候，他想必也相当年轻，对各种流行的、时髦的东西和各种物件的外表颇具鉴赏眼光。他在一堆钢管椅中随便捡了一张坐下，仿佛置身于一个公共等候室，随后他伤感地说："我猜，你跟其他所有人一样，也忘记了一切吧？"

"哦，"夏洛特说，"我记住的已经足够了。"

"我们这里目前付不起太高的工钱，"老人说，"不过，等情况恢复正常以后……我们的产品总是需求旺盛的……"

"我一开始，"夏洛特说，"可以接受低薪……"

"重要的是，"老人继续说，"工作热情，要对我们销售的东西满怀信心。毕竟，我们的产品印证过自身的实力。战前，我们的销售业绩很棒，简直是非常出色。当然，有季节性的关系，但巴黎总有外国游客，就连外省也购买我们的产品。要是我们的账簿还在，我就会给你看看我们的销售额了。"从他的言谈举止，你会以为他是在吸引一个投资者，而不是面试一个未来的雇员。

"是的，"夏洛特附和道，"没错。"

"我们必须使我们的产品再度闻名于世。一旦它出了名，肯定不负众望，还会像以前那样受欢迎的。制作工艺会证明一切。"

"我想你是对的。"

"现在你明白了吧，"老人又说，"我们必须全力以赴……一个合营企业……忠诚感……你的积蓄会是相当安全的。"他的手在一大堆杂乱的钢管椅上挥过，"我向你保证。"

夏洛特始终不知道产品究竟是什么，不过在下面的楼梯平台那里，有一只木板箱已被打开，稻草中立着一盏约三英尺高的钢制台灯，造型是埃菲尔铁塔，但制作极为丑陋。花线顺着电梯升降机井梯挂下来，好似一个老式旅馆电梯的绳索。顶层的灯泡是用螺丝钉固定的。或许，那位老人在巴黎只能搞到这个台灯，或许——谁晓得呢？或许它本身就是产品……

三百法郎在巴黎维持不了太久。夏洛特又应征了一则广告，但雇主要求出示正规的证件。他对监狱档案并不感冒。"这种东西你想买多少都可以"，他说，"花费一百法郎就行。"对于德国当局所做的精准测量，他也拒不接受。"我的任务不是测量你的头骨，"他说，"摸你头上的包块也不是。赶紧去市政厅拿到正规的证件吧。你看着像是个能干的家伙。这个职位我会给你保留到明天中午……"但是夏洛特再也没回去。

在三十六个小时之内，他除了两个面包卷之外什么也没吃。他猛然意识到，自己又完全回到了出发点。在薄暮的夕阳中，他背靠一堵墙，幻想着自己听到市长的怀表在嘀嗒作响。他走过漫漫长路，费尽周折，复又回到煤渣小路的尽头，背靠着墙壁。他将赴死，他原本可以仍以富人之身死去，给所有人省去麻烦。他开始向塞纳河走去。

此刻，他再也听不到市长的怀表了，不论他转向哪个方向，取而代之的都是一种拖着脚步走的低沉的声音。对他而言这与听到市长的怀表声无异，他似乎意识到两者都是幻觉。在空荡荡的长街尽头，河水泛着光。他发现自己喘不过气来，于是倚着一个便池等了一会儿，由于河水晃眼，他垂下了头。那种窸窸窣窣的脚步声来到他身后，停了下来。好吧，怀表也止歇了。他刻意不去留意这些幻觉。

"皮道特，"一个声音响起，"皮道特。"他猛地抬眼，但根本没人。

"你肯定就是皮道特吧？"那个声音说。

"你在哪儿？"夏洛特问。

"在这儿，还用问吗。"短暂的停顿之后，那声音几乎就像从他的耳朵里传来，好似自己的良心在说话，"你看上去疲惫极了，简直是筋疲力尽。我都快认不出你了。告诉我，还有人来吗？"

"没有。"幼年时在乡下，在布里纳克山背后的树林里，人们曾经相信声音会突然从喇叭花或是树根里发出来，但在城里，当人到了垂暮之年，不会相信地面上铺的石头能发出声音。他再次问道："你在哪儿？"之后意识到自己简直反应愚钝——他能看到便池的绿色帷帘下方露出来的小腿，腿上穿着黑色细条纹西服裤，像是律师、医生甚或是众议员的裤子，但是鞋子有好几天没擦了。

"我是卡洛斯先生，皮道特。"

"什么事？"

"你了解这种感受吧。当一个人被误解了。"

"没错。"

"我又能怎么办呢？再怎么说，我都得继续演下去。我的行为不折不扣是正确的——但也是拒人于千里之外的。没人比你更清楚了，可怜的皮道特。我猜想，他们也跟你作对吧？"

"我完蛋了。"

"振作点，皮道特。永远不要言死。我在伦敦的一个堂兄正竭尽全力把事情摆平呢。当然喽，你认识他们当中的一个对吧？"

"你为什么不从那儿走出来，让我看看你呢？"

"最好别，皮道特。不在一处，我们还有可能通得过检查，但要是在一起……太冒险了，"细条纹西服裤不安地动了一下，"有人来吗，皮道特？"

"没有人。"

"听着，皮道特。我想让你给卡洛斯夫人捎个信儿。告诉她我很好，我已经去了南方。我会试着到瑞士去，直到一切都平息为止。可怜的皮道特，你也许需要几百法郎吧，不是吗？"

"是啊。"

"我待会儿会把钱留在这边的平台上。你会捎口信的，不是吗，皮道特？"

"捎去哪里？"

"哦，还是老地方。你知道的——在三楼。我希望老太太的头发还没掉光。头发可是那老母狗的骄傲。好啦，再会了，祝你好运，皮道特。"便池那边传来一阵窸窸窣窣的脚步声，然后这种低沉的足音朝着另一个方向走远了。夏洛特注视着陌生人离去：高大结实的身材，穿着黑衣，一条腿跛着，戴着一种夏洛特自己也戴过的礼帽——那是好多年前了——当他走在米洛美斯涅大街和法院之间。

在便池的一个平台上有一卷纸——那便是三百法郎。

不管卡洛斯先生是何许人，他这种行胜于言的美德是颇为罕见的。夏洛特放声大笑，笑声在金属隔间当中显得很空洞。一周过去了，他恰又重新回到自己怀揣三百法郎开始生活的地方，仿佛他这段时间以来始终远离尘世——确切地讲，犹如某个外表友善但内心歹毒的女巫施与他一个永不穷竭的钱包作为恩惠，但他从钱包提取的数目永远不能超过三百法郎。会不会也许是那个死去的人从他的三十万里分了一些出来补偿他呢？

情况很快就会见分晓，夏洛特思忖着。勉强维持一周，但仅仅是蹉跎了一周的时间，一周结束之后又比之前更加破落不堪，这又有何好处呢？此刻是享受开胃餐的时间，自从他来到巴黎之后，这才第一次有意步入他自己的领域，他对这片领域的每寸土地都了若指掌。

直到那一刻以前，他从未真正领略过巴黎的生疏感：一条不熟悉的街道或许是过去不常去的，可是现在他觉得空落落的，有小型三轮出租车悄无声息地从旁滑过，还有破落的雨篷和陌生的面孔。他只零星地看到平日里那些陌生人的熟悉的脸，坐在他曾坐过多年的座位上，啜饮着同样的酒水。他们犹如一座古老花园的遗迹，在一个粗心的租客仓促离去之后，仍挺立在一片丛生的杂草之中。

我今晚就要死了，夏洛特寻思着，如果当真有人认出我，那又有什么关系呢？他推开了他所熟悉的那家咖啡馆的玻璃门，走向一个特定的角落——在镶金框的镜子下方，长沙发右手边顶头的位置——他过去经常坐在这儿，仿佛享有某种权利似的。现在那里却被人占了。

一个美国大兵坐在那儿，他是个高颧骨的年轻人，带着一种粗犷而率真的稚气。侍者俯身微笑着与他交谈，仿佛他是这里最年长的顾客。夏洛特坐下来观察着，眼前的情形如同一种通奸行为。领班的侍者以前总要停下来跟他聊上几句，但现在却从他身边经过，就仿佛他根本不存在似的，随后他也在美国人的桌位那里稍事停留。原因很快就揭晓了——美国佬掏出一大把钞票来付账——夏洛特恍然大悟，先前他也曾拥有过大把钞票，是个花钱的角色；并非因为他现在成了幽灵，只不过他如今是个穷鬼。他喝下他的白兰地，然后又叫了一杯，服务速度之慢惹恼了他。他召唤领班侍者。那人试图躲开他，但最终不得不过来。

"怎么了，朱尔斯。"夏洛特说。

浅薄的眼睛里闪动着不悦：这个男人只喜欢与他亲近

的人，也就是买单者对他直呼其名——夏洛特想。

"你不记得我了，朱尔斯。"夏洛特说。

那人变得不自在起来，或许这声音中的某种语调让他觉得耳熟。时局让人迷乱：有些顾客彻底消失了；其他隐匿不见的人回来了，蹲过监狱，人也变了；还有些人并未躲起来，却被他自己经营的利益所冷落。"哦，先生，你有段日子没来这儿了……"

美国人开始用一枚硬币大声敲击着桌面。"失陪了。"侍者说。

"不，别走，朱尔斯，你不能就这样丢下一个老主顾。你别看胡子。"他用手横挡住下巴，"难道你瞧不出一个叫夏瓦尔的家伙吗，朱尔斯？"

美国人再次用硬币猛敲桌子，但是这次朱尔斯没理睬他，只示意对面的另一个侍者去接那人的点单。"天哪，夏瓦尔先生，"他说，"你变化太大了。我真吃惊……我听说……"但他显然记不起自己听说过什么了。要记住他的顾客中哪些人是英雄，哪些是叛徒，哪些纯粹只是顾客，这可是件难事。

"德国人把我关起来了。"夏瓦尔说。

"啊，想必是这样了，"朱尔斯如释重负地说，"现在，巴黎差不多恢复如初了，夏瓦尔先生。"

"不尽然吧，朱尔斯。"他朝着自己的老位子点点头。

"啊，我担保，那个座位明天会给你留着，夏瓦尔先生。你的房子怎么样了——它在哪儿来着？"

"布里纳克。如今那里有租户了。"

"它没受什么损失吧？"

"我想没有。我还没去看过。实话告诉你吧，朱尔斯，我今天刚到巴黎。我几乎连住宿的钱都没了。"

"你可以在我这儿暂住几天吧，夏瓦尔先生？"

"不，不了，我总会有办法应付的。"

"至少，你今夜一定要让我们请客。再来一杯干邑白兰地吗，夏瓦尔先生？"

"谢谢你，朱尔斯。"他思忖着，试验已经奏效了：钱夹果然是不会穷竭的。我仍拥有我那三百法郎。

"你相信魔鬼吗，朱尔斯？"

"那是自然，夏瓦尔先生。"

他不由得变得更加大胆了："你难道没听说吗，朱尔斯，我要卖掉布里纳克？"

"你拿到好价钱没有，夏瓦尔先生？"

夏洛特突然感到朱尔斯很令人厌恶：他简直难以置信一个人竟能如此粗俗。难道在这个世界上，他就没有什么东西，即便别人出好价钱也不足以构成诱惑吗？他是个能出卖自己生命的人……他说："抱歉啊。"

"为了什么事，夏瓦尔先生？"

"过了这么多年，我们每个人都会有理由对上百件事抱歉的，不是吗？"

"在我们这儿，可没什么理由要抱歉，夏瓦尔先生。我向你保证，我们的态度始终都是正确的，不打一丝一毫的折扣。我向来坚持先为法国人提供服务——没错，哪怕来的德国人是个将军。"

他嫉妒朱尔斯能保持一贯的"正确"：通过些微的粗鲁或是怠慢，维护了自己的尊严。可对他而言——保持正确就意味着死亡。他突然说道："你知道还有哪趟火车是从蒙帕纳斯站发车的吗？"

"只有几趟，而且车速很慢。他们还没弄到燃料。火车每一站都停。有时候，它们整宿都不走。你在天亮前到不了布里纳克。"

"我不急。"

"他们在等你吗，夏瓦尔先生？"

"谁？"

"你的租户。"

"没有。"不大习惯的白兰地酒冲刷着他头脑中暗藏的干涸通道。坐在那里，在熟悉的咖啡馆中，甚至连镜子和飞檐破损的位置他都记得一清二楚，他感到一种强烈的渴望，只想能够站起来去赶火车回家，正如他过去多年来经常做的那样。蓦地，他听任了自己心血来潮的想法，并从事情的另一面找到了解脱。他寻思着：毕竟，想死总还是有时间的。

8

门铃是老式的，就跟这个地方的大多数物件一样。他的父亲不喜欢电，尽管他大可负担得起将电引到布里纳克来的费用，他几乎至死都更青睐油灯（声称它们对眼睛更好些），以及在叶饰金属丝上晃荡的古旧铃铛。他自己太热爱这个地方了，故而不愿去改变任何事物：他到布里纳克的乡间来，就是要到一个暮色与沉寂相交融的平静洞穴——那里没有能恣意纠缠他的电话。所以此刻，他能听到房后的铃铛开始摇晃之前，厨房隔壁屋里的金属丝长时间发出"嘣嘣"的声响。如果他身在房内，想必那铃声会显出另一番声调：没有那么空洞，并且更加友好，不会像一个已枯竭的胸膛里发出的咳嗽声那般断断续续……一阵清冷的拂晓的晨风吹过灌木丛，拂乱了车道上齐脚踝深的杂草。在某个地方——或许在盆栽棚里——一块松动的木板被吹得"啪嗒"作响。没有任何征兆，屋门突然打开了。

开门的是詹弗耶的妹妹。他认出了那种体型，并在瞬间依照她哥哥的轮廓勾勒出她的体态。白皙、瘦削，非常年轻，她还不到展现他们家族特有的鲁莽和冲动的年龄。他和她面面相觑，他发现自己不知如何解释：他站在那儿，仿佛是一页打印出的纸，正等着被人阅读。

"你是想吃一顿吧。"她说。像大多数女人那样，她一瞥之下就读完了他这一整页，甚至包括作为脚注的单薄的鞋子。他做了个既可表示反对又可视为接受的手势。她说："我们家里也不富裕。你了解如今的形势。给你钱会更容易些。"

他说："我有钱……三百法郎。"

她说："你最好还是进来吧。尽量少带进些泥。我可是一直在擦这些台阶。"

"我会把鞋脱掉的。"他谦卑地应道，然后跟着她走进去，感到自己袜子下的镶木地板冷冰冰的。每样东西都变得更糟了一些，毫无疑问，这栋房子曾听任陌生人的摆布：大镜子被卸了下来，墙上留下一块难看的印子；高脚橱柜被挪动过，一把椅子不见了；描绘布雷斯特军港外一场海战的钢制版画被挂在了新的位置——他觉得挂在那儿缺乏品味。他徒劳地找寻着他父亲的一张照片，突然带着怒气喊道："到底在哪儿……"

"什么在哪儿？"

他克制住自己，然后说道："你母亲。"

她转过身来盯着他，就像初次阅读时遗漏了某些东西。"你怎么知道我母亲的？"

"詹弗耶告诉我的。"

"詹弗耶是谁？我不认识什么詹弗耶。"

"是你哥哥，"他说，"我们在牢里这样称呼你哥哥。"

"你在那儿的时候跟他在一起？"

"对。"

他适时地发觉，她的反应竟并未如预想的那样。他曾想象此时她会喊来她母亲，而她反倒将手搭在他的手臂上说："别讲那么大声，"她解释道，"我母亲并不知情。"

"是指他的死讯吗？"

"一概不知。她以为他发了大财——在某个地方，有时是英格兰，有时是南美。她说，她一直认为他是个聪明的儿子。你叫什么名字？"

"夏洛特。让·路易·夏洛特。"

"你也认识另外那个人？"

"你是指……对，我认识他。我觉得在你母亲来以前，我还是先走的好。"

一个年迈而尖利的声音从楼梯上传来："特蕾丝，你在接待什么人？"

"有个人，"姑娘说，"他认识米歇尔。"

一个老妇人费力地从最后几级楼梯上挪下来，来到门厅里。这个庞大的老太太一层又一层地裹着许多条披肩，好似一个没整理好的床铺，甚至连脚也被裹了起来，它们噼里啪啦地拖着臃肿的身体朝他走过来。很难从这座肉山中看出悲戚或是察觉到她需要任何庇护。当然，她长着一对硕大的乳房作安抚之用，而并非需要人来安抚。"哦，"她开口道，"米歇尔怎么样了？"

"他挺好的。"姑娘说。

"我没问你。你说。你跟我儿子分别时情形如何？"

"他是挺好的，"夏洛特重复着姑娘的话，"他让我来找你们，问你们好。"

"他这么说了，是吗？他或许应该先给你一双能进屋的鞋，"她厉声说道，"他不会是干了什么蠢事吧，是不是又把他的钱都搞没了？"

"不，没有。"

"所有这些都是他买给他老娘的，"她带着柔情，狂热地继续说，"他是个蠢小子。我在原先那地方待得挺好。我们在梅尼蒙当有三间房。它们在那儿好打理，可在这儿你根本找不到帮手。对一个老太太和一个姑娘来说简直是太奢侈了。当然了，他也给我们寄了钱，可他没料到，如今有些东西是金钱也买不来的。"

"他饿着肚子呢。"姑娘插话道。

"那好吧，"老妇人说，"给他吃的。他站在那儿的样子就会让你觉得他是个叫花子。如果他要吃食，为什么他不直接要呢？"她继续念叨着，就仿佛他站得很远，听不见似的。

"我会付钱的。"夏洛特回敬道。

"噢，你会付钱的，是吗？你的钱也兑现成了。你那样是行不通的。别人跟你要钱之前，你不想主动掏腰包。"她犹如一个饱经风雨的古老的智慧象征——某个你在荒无人烟的地方发现的东西，好比斯芬克斯——可她的内心却是一片广袤的无知和空白，这使人对她的全部智慧产生了怀疑。

从门厅的左侧拐出来，穿过一道把手有破损的门，就来到一条石子小道——小道绕过半栋房子。他记得冬天时，食物从厨房出来，经过漫漫旅途之后从来都不怎么热，他父亲一直计划着要做些改动，但最终还是这栋房子赢了。此时，他不假思索地向门边迈出一步，仿佛他在那里轻车熟路，随即停下来想：我必须谨慎，务必要相当谨慎。他默默地跟在特蕾丝身后，寻思着在这栋房子里看见一个年轻的人有多古怪，因为在那里，他的记忆中只有年老、忠实且坏脾气的仆人。唯有画像中的人才年轻。在最好的卧室里，摆着一些照片，有他母亲结婚当日拍摄的，有他父亲获得法律学位时的，还有他祖母与她第一个孩子的合影。跟在姑娘身后，他忧悒地感到仿佛是自己将一位新娘领到了这幢老宅里。

她给了他面包、奶酪和一杯葡萄酒，然后对着他坐在厨房的桌边。他因为饥饿，加之心中思绪万千，因此一言不发。自孩提时代起，他几乎就没怎么进过厨房。之后大概十一岁时，他会从园子来到这里，看自己能搜寻到什么食物。当时家里有位老厨师——又是老的——那人喜欢他，会给他吃的东西，还给他一些稀奇古怪的玩具——他只记得有个长得像人似的分叉的土豆，有个鸟胸的叉骨被精心装扮成一个戴女帽的老妪，还有一根羊骨，他当时认定它像一杆细木柄标枪。

姑娘说："跟我说说他的事吧。"这正是他所恐惧的，于是准备用合适的不实之词来武装自己。他说："他是狱中的生命和灵魂——甚至连看守也喜欢他。"

她打断了他："我不是指米歇尔……我是说另一个人。"

"那个人……"

"我是说夏瓦尔，"她说，"你总不至于认为我会忘记他的名字，对吧？他在文件上的签名仿佛就在我眼前。让·路易·夏瓦尔。你知道我对自己是怎么说的吗？我告诉自己，总有一天，他会回到这里，因为他无法抗拒，他要来瞧瞧他这幢漂亮的房子怎么样了。每天都有许多陌生人路过这里，就跟你一样，饿着肚子，但是每次那个铃铛开始摇晃时，我都在心里对自己说：'或许，就是他。'"

"那然后呢？"夏洛特说。

"我会朝他脸上啐一口。"她说。他第一次注意到她嘴巴的形状，就跟他记忆中詹弗耶的嘴一样标致。"那就是我要做的第一件事……"

他注视着她的嘴，一边说道："即便如此，这毕竟是一座漂亮的房子。"

"有时，"她说，"如果不是为了老太太，我觉得我会把它烧了。他可真是个傻瓜！"她冲夏洛特叫出声来，仿佛这是她第一次有机会高声说出自己的想法。"难道他当真以为我宁可要这个却不要他吗？"

"你们是孪生兄妹，不是吗？"夏洛特边说边端详着她。

"你知道吗，在他们枪杀他的那天夜里，我感到了疼痛。我坐在床上，大哭起来……"

"不是在夜里，"夏洛特说，"是在早晨。"

"不是在夜里？"

"不是。"

"那又说明什么？"

"也没什么。"夏洛特说。他开始将一小块奶酪切成极为细碎的方块儿。"事情总是这样。我们觉得它有一种寓意，但之后发现事实并非如此——实际就是没什么意义。你醒来时感到疼痛，事后你觉得那就是爱——但实际情况却对不上号。"

她说："我们深爱彼此。我也感受到了死亡。"

他接连不停地切着奶酪，温和地说："实际情况不是那样。你以后会明白的。"他想说服自己，他不该为两起死亡事件负责。他感到庆幸，她是在夜里醒来而不是在早上七点钟。

"你还没告诉我，"她说，"**他**长什么样。"

他十分小心地选择着措辞。"他比我略高一些——可能高一英寸吧，或许没那么多。他的胡子刮得很干净……"

"那毫无意义，"她说，"过一个星期，你的胡子就长出来了。眼睛什么颜色？"

"蓝色。不过，在某些光线下，它们看起来是灰色的。"

"难道你就想不出单单那么一样东西就能准确地指认他吗？他在什么地方长了伤疤吗？"

他感到了撒谎的诱惑，但忍住没这么做。"没有，"他说，"我不记得他有任何那样的特征。他就只是个普通人，跟我们其他人一样。"

"我曾经想过，"姑娘说，"我会从村里找个人来这儿帮帮我们，留意等他出现。但我信不过他们中的任何一个人。他在那儿挺有人缘的。我猜是因为从他还是小孩的时候，他们就认得他了。一个小孩卑鄙，你不会去计较，等他长大成人，你也就习以为常了，根本不会注意。"和母亲一样，她也有自己的箴言，但她的话并不是继承来的，而是她和她哥哥从街头巷尾学到的，因此掺杂着一丝奇怪的男性气质。

"乡下的人是否知道，"他问道，"他干了什么？"

"即便他们知道，也不会有任何差别。他只消耍耍小聪明，欺骗一个巴黎人。他们会袖手旁观，等着看他重蹈覆辙。这也正是我拭目以待的。他是个律师，不是吗？你总不至于告诉我说，他不曾想方设法地让那些文件不过是废纸一堆吧。"

"我觉得，"夏洛特说，"他当时太害怕了，所以没想得那么清楚。如果他已经把这一切考虑清楚，他就宁可去死了，不是吗？"

"他死的时候，"姑娘说，"我敢说，他将会蒙受神恩，嘴里含着圣餐，原谅了他所有的敌人。他要把魔鬼都骗倒后才会死。"

"你可真恨他。"

"我才是该下地狱的人。因为我不会原谅的。我到死上帝也不会赦免我，"她说，"我还以为你饿了呢。你没吃多少奶酪。这奶酪不错。"

"我该走了。"他说。

"你不用着急。他们让他见牧师了吗？"

"噢，是的，我觉得是。他们那儿的另一间牢房里有位牧师，他那时就是做这种事的。"

"你准备去哪儿？"

"我不知道。"

"去找份工作吗？"

"我已经放弃了。"

她说："我们这儿可以容得下一个男人。两个女人没法让这么大个房子保持清洁。再说还有园子呢。"

"这可不行。"

"随你的便。工资不成问题，"她恨恨地说，"我们是有钱人。"

他寻思着：哪怕只有一个星期……安安静静的……在家里。

她说："但是你的主要工作，也是我花钱雇你的原因，就是始终留意认出—— 那个人。"

9

在最初的二十四个小时里，以零杂工的身份住在自己家里的确是古怪而痛苦的经历，但又过了二十四小时以后就变得熟悉而平静了。倘若一个男人对某个地方爱得够深，他并不需要拥有它；对他而言，只消知道它安然无恙且没有改变—— 抑或只是随着时间推移与境况变迁发生了自然而然的变化——这就足够了。曼吉欧夫人与她的女儿仿若临时房客，如果她们将一幅画摘了下来，那也仅是出于某种实用的目的——免得擦拭灰尘，而并非由于她们希望用另一幅来顶替它的位置。她们从不会为了一个新的景观而砍倒一棵树，也不会因一时兴起而重新装修一个房间。就连将她们看作合法的房客甚至也是夸大其词，她们倒更像是吉普赛人，发现房子空着，于是占了几间屋子住下，还在远离大路的园子一角耕种着，小心地不弄出任何炊烟，以防自己被人发现。

这些并不完全是幻想出来的，实际上他发现她们对村子心怀畏惧。姑娘每周到布里纳克的集市去一次，往返都是步行，尽管夏洛特知道她们本可在圣·让雇一辆马车。老太太每周去参加一次弥撒，她女儿陪她走到教堂门口，完事了在那里接她。老太太从来都是等快要念福音书时才进去，牧师宣布"弥撒结束"的话音刚落，她便已起身了。这样一来，她就避开了在教堂外与会众有任何接触。这对夏洛特也好。她们俩从不觉得他也避开村里人是件怪事。

如今，赶集日去布里纳克的人是他了。他第一次去的时候，每迈一步都觉得自己被熟悉的事物给出卖了，仿佛即便没人喊他的名字，十字路口的路标也会暴露他。他的鞋底沿着路边签下他的名字；他走过横跨河面的石板桥时，也发出打着他个人烙印的声响，对他而言就像一种口音那样不会被认错。有一次在路上，有辆从圣·让驶来的马车从他身旁经过，他认出了车夫——当地的一个农夫，他幼年时曾因受伤致残，在一次拖拉机的事故中失去了右臂。孩提时，他们曾一起在圣·让周围的田野中玩耍，但在那个男孩出了事故又住院数周以后，一种隐晦的嫉妒心与骄傲感便将他们分开了，当他们最终再次见面时已形同仇敌。他们无法像决斗的双方那样使用相同的武器：他凭借自身的力量抵挡残疾男孩伤人的恶语，其毒舌就像长期卧病在床招致的褥疮。

当马车驶过时，夏洛特退到路边的壕沟里，还抬起手来遮挡住自己的脸，但罗什根本没注意到他，一双迷蒙的深色眼睛盯着前方的道路，断臂的魁梧身材犹如一道破损的扶壁似的挡在他和世界之间。夏洛特很快意识到，再怎么说，路上毕竟还有太多东西吸引人的眼球了。在整个法国，人们都在择路返家，从集中营、从躲避之所，还有从海外归来的。倘若有人能像上帝那样俯瞰法国，就会侦查出许多细小的谷粒在片刻不停地移动着，犹如尘埃在一块形若地图的地板上挪动。

回到住处以后，他有一种强烈的如释重负之感，简直就像是刚刚摆脱一个难以名状的蛮荒国度。他从前门进去，走在通往厨房的长廊上，好似隐退到一个山洞的罅隙之中。特蕾丝·曼吉欧正在搅拌锅里的东西，她抬起眼来说："你总是从前门进来，真叫人纳闷。你干吗不像我们那样走后门呢？这会省去好多打扫的麻烦呢。"

"对不起，小姐，"他说，"我想是因为我先经过前门那里吧。"

她并不把他当仆人对待，仿佛在她眼中他不过是另一个在这里扎营的吉普赛人，直到警察将他们驱逐出去。只有老太太有时会中风似的发一通古怪的无名火，还发誓说等她儿子回来，她们就能过上与富人身份相宜的体面生活，拥有真正像样的仆人，而不是从街上弄来的流浪汉……每当这种时候，特蕾丝·曼吉欧会扭过脸去仿佛没听见，但事后她会甩给夏洛特一通不着边际的粗言粗语——那种你只会对身份平等的人才说的话，对他说这些就仿佛是享有鄙俗的自由。

他说："集市上没什么可买的。再说，守着这里这么大的园子反而去买一大堆蔬菜，似乎是个荒唐事儿。明年你就不必这样了……"他数出零钱，说："我买了些马肉，那儿连一只兔子都没有。我觉得找回的钱没错。你最好检查一下。"

"我信得过你。"她说。

"你母亲可不会。这是我的账簿。"他将购物清单递给她，从她肩膀后面盯着她查账。"让·路易·夏洛特……"她念完停下来，"奇怪。"她说。他从她肩膀后面看过来，猛然意识到自己做了什么——他签名的笔法就跟他在赠予契约上的签名几乎别无二致。

"有什么奇怪的？"他问。

"我几乎可以发誓，"她说，"我认得你的笔迹，我曾在什么地方见过它……"

"我想，你曾经在我写的一封信上见过吧。"

"你根本没写过信。"

"没，确实没写过。"他的嘴唇发干。他说："那你觉得是在哪里看过呢？"等待她回答的时间格外漫长。

她盯着签名看了又看。"我不知道，"她说，"就像有些时候，你觉得自己曾经到过一个地方。我觉得这说明不了什么。"

10

几乎每天都有人来到门前乞讨或是找工作。流浪汉们漫无目的地向西方和南方飘移，朝着太阳和大海的方向前进，仿佛他们相信在温暖而潮湿的法国边缘地带任何人都可以生活下来。姑娘给他们钱，而不是食物（现在不那么稀缺了）。他们沿着杂草丛生的小径继续向河边飘去。到处都不安稳，大房子里尤其如此。不过，曼吉欧一家对财产的意识很强。曼吉欧夫人在巴黎拥有一爿小杂货店——更确切地说，她拥有杂货店里的那些商品。自从她丈夫去世以来，年复一年，她的买卖做得很谨慎——自己从不赊账，也从不允许别人赊账，始终只能勉强维持生计。她丈夫曾对子女寄予厚望：他将女儿送到一个秘书学校去学习打字，还将儿子送去技术学校，但詹弗耶逃学了，而特蕾丝也在父亲去世后便很快辍学了。在曼吉欧夫人眼中，这一切都是荒谬的，于是几个月的培训带来的唯一结果，是一台置于杂货店后部的二手打字机，她非常蹩脚地用它给批发商打信函。店铺毫无前途可言，但是曼吉欧夫人并不为此忧虑。当你到了一定的年龄之后，就不关心前途了，只要活着就算够成功的了，每天清晨你醒来时感到胜利的喜悦。不过，她心里始终放不下米歇尔。曼吉欧夫人对米歇尔怀着坚定不移的信念。天晓得她幼年时听到什么样的童话故事，正围绕着这位不在场的、谜一般的人展开？他是位王子，怀揣一只玻璃鞋满世界寻找；他是那个赢得了国王之女的牧牛人；他还是一位老妇最年轻的儿子，成功地杀死了巨人[1]。她始终被隐瞒着，不知道他只不过是死去了而已。从说了一半的话里，从曼吉欧夫人不断爆发的脾气中，甚至是从两个女人在进早餐时复述的梦境中，夏洛特才渐渐得知了这个故事。当然了，这些其实还算不上是真相——从来就没有什么真相，她在梅尼蒙当的邻居们绝不会承认，曼吉欧夫人那平凡的经历还会有如此五光十色的版本。而如今，她一夜之间发家致富了，彻底印证了曼

1　此处指《杰克与魔豆》（*Jack and the Beanstalk*）中的情节。

吉欧夫人的白日梦，但她幼年时听到的故事却又同时在告诫她有些东西就像魔金那样靠不住。毫无缘由地，她对这幢房子里的任何东西都无法像她对梅尼蒙当的每个物件那般有确信的把握，甚至连餐桌或是她坐的椅子亦如此。在梅尼蒙当，她确知哪些东西是付过款的，而哪些没有；可据她所知，这里没有任何物件是付过钱的；她始终没想到货款已经在别处付过了。

夏洛特睡在房子顶层一个屋顶倾斜的小房间，它曾是最好的一间佣人卧室，里面有一副铁床架和一个不结实的竹质五斗橱，这是整栋房子里最不牢靠的家具，其他每件家具都是深色的，沉甸甸的，想必建造时打算传承几代人。整栋房子中唯有这里他此前不了解。幼年时，顶楼是他的禁区，对此母亲持有某种含混不清的理由，似乎是模模糊糊地基于对道德与卫生的考虑。那个高高在上的地方没有铺地毯，没有浴室和厕所这些设施，生活中某些物理事实仿佛潜伏于此，阴森吓人。有且只有一次，他曾突入了这个禁区：那时他六岁，踮着脚尖儿，体重很轻。他曾走近他如今就寝的这间卧室，从门口往里偷窥。那个老佣人是他父母从上一辈继承下来的，他们称呼她"沃涅尔太太"

时语气中带着深厚的敬畏。她正在做头发——更准确地说，其实她是在摘掉假发。很大一把淡棕色的头发犹如枯干的海藻一般被拎起来，置于梳妆台上。整个地方都弥漫着一股酸腐的瘴气。此后有一年多时间，夏洛特认定所有的长头发都是那样的——可以被拆下来。

有一天夜里，他睡不着觉，便沿着他儿时的那条秘密路线逆向前进去找水喝。佣人楼层的楼梯在他脚下吱呀作响，但这与他去布里纳克沿途的脚步不同，它们毫无意义。它们是没人学习过如何阅读的全新的象形文字。下面一层楼有他自己过去的卧室，现在没人睡了，可能是因为他在那里居住的痕迹太过明显了。他走了进去。房间里还跟他四年前离开时一模一样。他拉开一个抽屉，里面有一摞圆形硬领，仿佛弃之不用的纸莎草纸那般略微变黄了。他母亲的一张照片放置在银色相框里，立在他的衣橱上。她身穿带鲸须高领的衣服，用一种彻底平静的表情注视着从未改变的周遭环境。死亡、折磨和损失对于她凝视的那一小块墙壁没有任何影响，那块老旧的壁纸上印着带花朵的嫩枝，这还是**她的**婆婆当年订购的呢。在一条嫩枝上方，用铅笔勾勒出一张小小的面庞：在十四岁时，它曾经代表某个人以及某些事，然而他已经忘却了。青春期里某段朦胧的浪漫激情，或许是他曾认定会延续终生的一种爱恋与伤痛。他转身发现特蕾丝·曼吉欧正站在门口盯着他看。看见她就仿若记忆正逐渐恢复，仿佛他已将一截断裂的电话线接好，有个发自三十年前的被遗忘的声音正在同他讲话。

"你在干吗？"她粗声粗气地问。她身穿一件束着腰带、男式般的厚浴袍。

"我睡不着，所以下来拿点水。后来，我觉得我听到这间屋里有只耗子。"

"噢，不会吧，这里有好多年都没见过一只耗子了。"

"你们为什么不把所有这些东西清理掉呢？"

她浴袍的束带被疲惫地拖拽着滑过地板。"触碰这些东西几乎让人恶心，不是吗？"她说，"不过我还是会清理的。就连领子也包括在内。"她坐在了床上。对夏洛特而言，看到任何一个如此年轻的人竟会这般疲倦——却依然清醒，简直是无以名状的悲哀。"可怜的人。"她说。

"如果她知道岂不更好？"

"我不是说我母亲。我指的是她——照片里的。做他的母亲不会有太多值得炫耀的，对吗？"

自从他回到这儿来，他发觉自己这还是头一次被招惹得发出反对意见。"我觉得你错了。毕竟我了解他，而你不了解。相信我——这家伙没那么差劲。"

"老天哪！"她说。

"的确，他表现得像个懦夫，可是，毕竟任何人都有可能会做一次懦夫。我们中的大多数人一做完就把它忘了。只不过，在他身上发生的这一次，结果表明——怎么说呢，太引人注目了。"

她说："你没法归结为是他的运气差。正如你所说，那种事情所有人都会碰上一次。人这一辈子只好这么想：今天，它或许就会发生。"显然，她对这一问题已沉思良久，现在她终于大声道出了思考的结果，仿佛想让人听见。"当它发生的时候，你才明白自己这辈子是个什么样的人。"

他无言以对。在他看来，这话不无道理。他悻悻地问道："你遇到过这种事情吗？"

"还没有。不过迟早会的。"

"所以你还不清楚自己的为人。也许你并不比他强。"他顺手抄起一个黄色衣领，忿忿然却又漫不经心地将它卷在自己的腕子上。

"那也无法给他贴什么金啊，"她说，"不是吗？如果我是个杀人犯，难道我必须假称其他的杀人犯都……"

他打断她的话："你对每件事都有答案了，不是吗？假如你是个男人，你本可成为一个出色的律师。只不过，你当起诉方的律师比当被告方的要好。"

"我可不想当律师，"她一本正经地对他说，"他才是。"

"你可真恨他。"

"我的仇恨就是这样，"她说，"它整日整夜连绵不断，就像地板下面有个什么东西死了，你就无法摆脱那种气味。你知道我现在不参加弥撒。我只是把母亲送到那里就回来。她想知道原因，于是我告诉她，我已经失掉了信仰。这种小事儿什么人都会遇到，不是吗？上帝不会去跟任何一个失去信仰的人算账的。那只不过是愚蠢，而愚蠢是件好事。"她在哭泣，不过只是眼里噙着泪水而已，仿佛一切尽在她的掌控之中，唯有输泪管的运作机制是例外。"我不会介意那种事，可仇恨却让我跟它保持距离。有的人可以放下仇恨，一个小时之后再在教堂门口把它拾起来。我做不到。我希望自己能做到。"她用手遮住眼睛，仿佛羞于让悲伤如此流露出来。他心想，这全是我造成的啊。

"你就是那些笃信宗教的倒霉蛋之一。"他阴郁地说。

她从床边站起来："说这些有什么用？我希望他出现在我面前，而我手里有一杆枪。"

"你有枪吗？"

"有。"

"那么之后，我猜你会去忏悔，然后就会快活了。"

"可能吧，我不知道。我想不了那么多。"

他说："你们这些好人真可怕。摆脱仇恨就像男人摆脱情欲一样徒劳。"

"我希望我能摆脱，那样我会睡得好些。我就不会这么疲倦和衰老了，"她用严肃的语气补充道，"别人会喜欢我的。我也不用再害怕他们了。"

他感觉自己面前是一处遗迹，它并非一个已经积累了绿锈和岁月留痕的古老遗迹，而是一处全新的遗迹，壁纸粗糙地悬着，洞开的伤口暴露出一个壁炉和一把椅子。他在心里对自己说：这不公平。这不是我的错。我并没索要两条性命——只是詹弗耶的罢了。

"你可以把这些领子拿去，"她说，"如果它们对你有什么用处的话。只是别让妈妈知道。你戴着合适吗？"

他带着习以为常的谨慎回答："差不多吧。"

"我去给你拿杯水来。"

"你干吗要为我拿水呢？我才是这儿的佣人。"

"曼吉欧家的人，"她说，"是不会跑去找佣人的。反正我也想稍微走走。我睡不着。"

她走开了，回来时手里拿着杯子。当她站在那里，穿着粗制的浴袍将杯子递给他时，他本能地意识到她此举的含义。她已将自己的满腔仇恨都说给他听了，所以现在，她想通过一个小小的善意之举来暗示她还具备其他能力。她似乎在暗示，她可以成为朋友，还可以很温柔。那天夜里，他躺在床上，于自己的绝望之中感受到一种不同的特质。他不再因生计问题而绝望，而是对生命绝望了。

11

当他醒来时，那个场景的点滴，甚至就连他诸多情绪的细微之处，都已模糊不清。有那么一阵子，一切或许都跟从前一样，但当他的手触到厨房房门的把手时，听到她从里面传出轻微的响动，他不安的心在肋骨下怦怦直跳，传出明白无误的讯息。他径直走出房子，试图理清自己的思绪，他对着一小块耕种过的菜园大声说出了真相："我爱她！"声音穿越了一片卷心菜地，仿佛它是对一个复杂案子的第一次声明。不过，这是一个他无法看到结局的案子。

他思忖着，我们从这儿出发会走到哪一步呢？他的律师思维开始解开这个案件的乱麻，并渐渐感到一些鼓舞。在他的全部法律从业经验中，还从未有哪个案件是不含一线希望的。他争辩道，毕竟，只有詹弗耶要对詹弗耶的死负责；而不论我作何感想，我都是清白无辜的——人是不能用他的想法来衡量的，否则许多无辜者都要上断头台了。他对自己说，法律中可没有我不该爱她的理由，除了她的仇恨之外，也没有她不该爱我的理由。他以精密的诡辩手法告诉自己，倘若自己能以爱情取代仇恨，这将是替她效劳，便足以补偿一切。在她幼稚的信念中，毕竟，他将把得到拯救的可能性偿还给她。他捡起一颗小石子，瞄准了远处的一株卷心菜，石子毫厘不爽地正中目标。他心满意足地微微吁了口气。针对他自己的控告已然减弱为一个民事案件，于是他便可以商讨赔偿条款。他不明白自己昨夜为何要绝望——他对自己说，这可不是个绝望的处境，反而是希望啊。他有了生活的目标和动力，但在他潜意识中的某个地方，阴影依然存在，犹如他刻意向法庭隐瞒的一项证据。

有一次因为要去布里纳克赶集，他们吃面包、喝咖啡的时间较早，曼吉欧夫人比平时更难伺候了。现在她已经接纳他留在这栋房子里，但她开始如自己想象中贵妇人对待仆从那般对待他，所以她厌恶跟他一起进餐。她头脑中根深蒂固地认为，他曾是米歇尔的男仆，所以有朝一日她儿子回来，会因她未能适应富贵的生活而羞耻。夏洛特并不在乎，他和特蕾丝·曼吉欧共同分享着一个秘密。当他与她的目光相遇时，他相信他们是在为彼此召回一种隐匿的亲密感。

但当他们俩单独相处时，他只是淡淡地说："有什么要我在集市上买给你的东西吗？我是说，为你自己买的？"

"没有，"她回答，"我什么都不要。再说，布里纳克那里能有什么呢？"

"你为什么不亲自去一趟？"他说，"走走路对你有好处……呼吸点儿新鲜空气怎么样？你从不出门。"

"我不在的时候，或许有人会来。"

"让你母亲别开门。没人会闯进来的。"

"他可能会来。"

"听着，"夏洛特热切地恳求她，"你这是在把自己逼疯。事情是你想象出来的。我的天啊，他究竟为什么要回到**这里**，为他签字弃权的一切眼睁睁地受折磨呢？你做这样一个痴梦，会把自己给折腾病的。"

她不情愿地掀起自己恐惧的一角，犹如一个孩子怯生生地拿出一份已经被揉皱的转学证明。"村里的人不喜欢我，"她说，"他们喜欢他。"

"我们不去村里。"

她快速而彻底地投降了，简直让他吃了一惊。"噢，"她说，"那好吧，就依你。我去。"

一阵秋日的雾气从河面上慢慢升腾起来，他们脚下的石板桥湿漉漉的，路上散落着一堆堆棕色的树叶。前方一百码开外的物体逐渐变得模糊。他们只知道自己在去往布里纳克集市的一长队零零散散的人中，但是在两道雾气之间的这段路上，他们如同身处一室般的孤单。他们许久没有开口说话，唯有两人的步调时而一致，时而不一致，仿佛沉浸于一种断断续续的对话之中。他的双脚稳步向着终点前进，仿若律师的辩词；她的步调则犹如一连串的感叹词那样不稳定。他突然发现，生活此刻是在多么贴切地模拟他曾经有权期许的那种未来，然而却又多么遥不可及。如果他已经结婚并把妻子带到圣·让，他们也许同样会在一个美好的秋日里，恰如这般一同默默地走向集市。路面升高了几英尺，暂时将他们带离了雾气。一片灰暗的田野在他们身旁两侧漫漫延展开来，燧石犹如小冰晶似的泛着光亮，一只鸟腾空而起，拍打着翅膀飞走了。之后，他们又开始在那些潮湿而无影无形的墙壁之间走下坡路了，他的脚步有条不紊地持续着无人回应的辩词。

"累吗？"他问。

"不累。"

"始终沿着一条直线走啊走，而不是上上下下的，对我来说还挺奇怪的。"

她没答话，她的沉默令他心满意足。没有什么比沉默更觉亲近了，而且他有一种感觉，如果他们保持静默的时间足够长的话，他们之间的一切问题都能解决。

直到他们快到布里纳克之前都没再说话。"在进城之前，"他说，"咱们稍微歇会儿吧。"他们倚靠着大门，舒活着双腿，继而听到一辆马车从圣·让方向的大路上"咔哒咔哒"地驶来。

来的是罗什。他勒住他的小马驹，马车缓缓行至他们身旁。

"要搭车吗？"他问。他已养成了始终以侧面示人的习惯，以便掩藏起自己的右半身，这为他平添了傲慢之气，摆出一副"你爱要不要"的姿态。特蕾丝·曼吉欧摇了摇头。

"你是曼吉欧小姐，不是吗？"他问，"你用不着走到布里纳克去呀。"

"我想散散步。"

"这是谁？"罗什说，"给你家打杂的吧？我们在圣·让都听说他啦。"

"他是我的一位朋友。"

"你们这些巴黎人得当心点儿，"罗什说，"你们可不了解乡下。如今有一大帮叫花子，最好还是别收留他们，让他们乞讨的好。"

"你们在乡下可真会嚼舌。"特蕾丝·曼吉欧沉着脸说。

"我说你啊，"罗什冲夏洛特说，"你倒挺安静的啊？

你自己难道就没什么话说吗？你也是巴黎人吗？"

"我怎么觉得，"特蕾丝·曼吉欧说，"你是个警察。"

"我是抵抗军[1]的，"罗什回答，"我的任务就是留意可疑的人。"

"对我们来说，战争已经结束了，不是吗？你再也没事可做了。"

"你还不相信吧，在这里，战争才刚刚开始。最好给我看看你的证件。"他对夏洛特说。

"如果我不给呢？"

"我们的人会去家里找你的。"

"给他瞧瞧。"特蕾丝·曼吉欧说。

罗什必须撂下缰绳才能去接证件，马驹被松开后，往前稍微走了几步。他顿时显得有些古怪，就像个小男孩那般无能为力，却接管了一匹他无法控制的马。"拿着，"他说，"把它们收回去。"然后猛地揪住缰绳。

"要是你愿意，我来替你牵马吧。"夏洛特拿腔拿调地提议道，话里带着侮慢的善意。

---

1 抵抗军（Resistance）：二战期间，巴黎于1940年被德军攻占后，在戴高乐将军的号召和领导下组建起法国抵抗军，开展抗击德国法西斯的"自由法国"运动。

"你最好去搞些正规的证件吧。这些不是合法证件。"他把脸转向特蕾丝·曼吉欧。"你得当心点。最近有一大帮古里古怪的家伙，大都躲躲闪闪的。我以前在哪儿见过这个家伙，我发誓。"

"他每个礼拜都去集市。你或许在那儿见过他。"

"我说不好。"

特蕾丝·曼吉欧说："你不想找麻烦吧。这个人没什么的。我知道他曾经蹲过德国人的监狱。他认识米歇尔。"

"那他也认得夏瓦尔喽？"

"对。"

罗什再次凝视着他。"真奇怪，"他说，"难怪我觉得我认识他了。他自己就有点儿像夏瓦尔。他的声音像。当然了，脸可大不一样。"

夏洛特一边琢磨着究竟是哪个音节暴露了自己，一边慢条斯理地说："要是你现在听到他说话，就不会觉得我的声音像他了。他就像个老头子。他在牢里过得很艰苦。"

"他会是那样的。他以前过得可舒坦了。"

"我猜你是他的朋友吧，"特蕾丝·曼吉欧说，"在圣·让的那些人都是。"

"你猜错了。你要是对他了解得够深，是不可能跟他交朋友的。可以说，他小时候就是个没出息的东西。没胆量，怕姑娘，"他大笑起来，"他过去常对我讲心事。在我出这次事故之前，他拿我当朋友。从那以后，他就受不了我了，因为我变得像他自认为的那样聪明。如果你一连卧床好几个月，你要么变精明，要么就会死去。可他过去告诉我的那些事，至今我还记得一些。在布里纳克的磨坊那儿，有个他倾心的姑娘……"

一个人能忘记的事简直超乎想象。他思忖着，会不会是他曾草草在壁纸上涂鸦的那张脸孔？他什么都记不起来，不过曾经有一次——"噢，她是他的一切，"罗什说，"可他从来不敢跟她说话。他那时大概十四五岁。如果说有懦夫的话，他就是一个。"

"村里的人为什么喜欢他呢？"

"噢，他们才不喜欢他呢，"罗什说，"只不过他们也不相信你的故事。他们不信竟然有人会像你哥哥那样为钱舍命。他们觉得，肯定是德国人不知怎的掺和进去了，"他那双着了魔似的灰暗眼睛盯着她，"可我全信。他其实是为你考虑。"

"我希望你能说服他们。"

"他们给你惹麻烦了吗？"罗什问。

"我倒不觉得现在的情况是你所谓的麻烦。我试着表达友好，可我不喜欢别人冲我大吼大叫的。他们自己不敢这么做，但却教唆他们的孩子……"

"这儿附近的人疑神疑鬼的。"

"一个人从巴黎来，并不代表他就是奸细啊。"

"你早就该来找我。"罗什说。

她转向夏洛特说："咱们还真不知道有这么个大人物存在，对吗？"

罗什向马驹的身侧扫了一鞭子，马车走远了。当它渐行渐远时，那条断臂跃入眼帘——袖子被挽到了胳膊肘以上，他的残肢像一根大木棒似的。

夏洛特柔声责备她："现在，你又树了一个敌人。"

"他没那么坏。"她注视着马车许久后说道。夏洛特头一次觉出嫉妒如脓毒一般的刺痛感。

"你最好提防着他点。"

"你那么说，就跟你了解他似的。你不认识他，对吧？他似乎觉得他曾见过你……"

他打断了她的话茬："我了解他这类人。如此而已。"

12

那一晚，当他们从布里纳克回来之后，特蕾丝·曼吉欧表现得异乎寻常——她坚持认为他们以后应该在餐厅吃饭，而不是在厨房里。此前，他们每次都在厨房用餐，慌慌张张的，仿佛他们时刻准备着真正的房主现身，要讨回自己的房子。是什么造就了这个变化，夏洛特无从得知，不过，他的思虑将这个变化与去布里纳克途中的那次相遇联系了起来。农夫抨击了夏瓦尔，这或许给了她信心，那就是毕竟在圣·让至少有个人准备与她为友来对付他。

夏洛特说："那儿需要做个扫除。"于是抄起一把扫帚。他正准备走向楼梯时，姑娘叫住了他。

她说："我们之前从没用过那个房间。"

"没有吗？"

"我一直锁着它。那种屋子啊，他过去想必会昂首阔步地走进去。挺漂亮的。你能想象吗，他喝着小酒，摇着铃铛召唤他的仆人……"

"你说得简直像浪漫小说。"他说完，往楼梯角走去。

"你要去哪儿？"

"当然是快速地把那间屋子打扫一下。"

"可你怎么知道它在哪儿呢？"这好似他的脚踏上了一级根本不存在的台阶。他感到自己的心忽地震颤了一下。多日来，他始终谨慎有加，佯作不知每个琐细之处，不了解每个房间或壁柜的位置。

"我在想什么呢？"他说，"当然不知道。我正要听你指挥呢。"

但她并不满意，仍然紧盯着他。她说："我有时候觉得，你远比我还了解这栋房子。"

"我以前曾在这类房子里待过。它们的格局差不多。"

"你知道我一直怎么想吗？或许，夏瓦尔曾在牢里吹嘘过他的房子，甚至还画过草图，所以你会得知……"

"他聊过很多。"他说。

她打开了餐厅的门，然后他们一同走进去。屋里遮着百叶窗，所以黑黢黢的，不过他知道灯的开关在哪里。现在他警惕了，摸索了许久才找到开关。这是房子里最大的屋子，一张铺着桌布的长桌仿若灵柩台似的立在房间正中。夏瓦尔家族已故成员的画像略有些歪歪斜斜地悬挂着。夏瓦尔家自十七世纪起便是律师世家，只有少数几个排行较小的儿子进了教会；一位主教的鼻子又长又歪，被挂在两个窗子之间，从这面墙转到那面墙，从一幅画像到另一幅画像，那只长鼻子始终追随着他们。

"瞧这一家子，"她评论道，"也许，他根本就没机会去寻找一个不同的出路。"

他仰起自己的长鼻子望向祖父的脸，穿长袍的人低眼盯着穿绿色粗布围裙的人。他将目光从那双鄙夷而责备的眼睛上移开。

"瞧这一家子，"姑娘再次说，"可他们竟也结婚生子了。你能想象他们也会爱上谁吗？"

"谁都有这样的经历。"

她大笑起来。这还是他第一次听到她发笑。他贪求地盯着她，恰如一个杀人者怀着绝望的希冀等待一个生命体征重现，以证明他并未犯罪。

她问道："你觉得他们会怎样表达那种事呢？他们会撅这样的长鼻子吗？你认为他们这些律师的眼睛里会流出

泪水吗？"

他将手搭在她的胳膊上。他说："我猜想他们这样表达……"就在那一刻，连在长长金属线上的前门铃铛开始丁零当啷地响起来。

"罗什？"他惊呼道。

"他想来干什么？"

"这么晚了，肯定不会是乞丐吧？"

"或许，"她屏住呼吸说，"他终于来了。"

在铃铛摇响前他们能再次听到长长的钢质卷线微微震颤。"开门吧，"她说，"不然我妈妈就会来了。"

他被一种忧惧感攫住了，不论是谁在夜里的任何时间听到门铃响起都会有同感。他不安地走下楼梯，眼睛始终盯着大门。太多的经验和太多的历史造就了那种古老的恐惧：一百年前的谋杀案，革命与战争的故事……门铃再次响起，仿佛门外的人绝望而焦急地想要进来，又或是有权要求进来。亡命徒和追击者都会这样拉响门铃。

夏洛特挂上锁链，只将门拉开了几英寸。外面一片漆黑，除了衣领口泛出的微光之外，他什么也看不见。一只脚在砾石路上磨蹭着，他感到大门被人稳稳地抵住，连锁链都被绷紧了。他问道："是谁？"那个陌生人用令人费解的熟悉口音回答："让·路易·夏瓦尔。"

第三部

13

"哪位？"

"夏瓦尔，"这个声音里增添了自信和自控，"你不介意开开门让我进去吧，好伙计？"

"是谁？"姑娘问。她楼梯下到一半，停住了脚。夏洛特心头怦然生出一种狂野的希望，他怀着畏惧，兴奋而又释然地冲她喊道："夏瓦尔。他说他是夏瓦尔。"他心想：现在，我终于成为真正的夏洛特了。另有人来承担全部的仇恨了……

"让他进来。"她说。他打开了门的锁链。

进来的男人和他的声音一样让人似曾相识，可夏洛特却又对不上号。他身材高大，体格魁梧，但举止中有某种矫饰，步态近乎有些飘飘然，透出一股怪异的粗鄙……他的肤色相当白皙，仿佛涂了脂粉似的；他说话时的声音如同歌手一般。他似乎过于注重自己的声调，让你感觉只要他乐意，就可以唱出任何调子。

"我亲爱的小姐，"他说，"你一定得原谅我如此这般地闯了进来。"他直勾勾地目光转向夏洛特，突然停住，仿佛他也认出……抑或认为他认出了……

"你想要什么？"特蕾丝说。

他不情愿地将目光从夏洛特身上拽回来，接着说："避难的地方——还有一点儿吃食。"

特蕾丝说："你真是夏瓦尔？"

他不太确定地说："是，是啊，我是夏瓦尔。"

她走下楼梯，穿过门厅来到他面前。她说："我就知道你会来……总有那么一天。"他伸出手去，似乎他的头脑无法领会客套之外可能发生的任何事情。"亲爱的小姐……"他刚说一句，她便使劲朝他脸上啐了一口。这是她这么多个月来一直期待的事，而这一经完成，她便像一个孩子在聚会结束时那样开始哭起来。

"你怎么还不走？"夏洛特说。

自称夏瓦尔的男人用自己的衣袖擦了擦脸。他说："我不能走。他们在找我。"

"为什么？"

他说："不管是谁，只要在任何地方结了仇，他就成了通敌犯。"

"但你以前是在德国监狱啊。"

"他们说我是作为告密者被安排在那儿的。"男人平静地说。敏捷的反驳似乎使他重获了自尊与自信。他慢条斯理地对姑娘说："当然了，你是曼吉欧小姐。来到这里是我不对，这我明白，但是任何被追捕的动物都会逃到他熟悉的地方。你一定要原谅我，我是没招儿了，小姐。我会马上离开。"

她坐在楼梯最低的一级上，双手捂着脸。

"没错，你最好赶快走。"夏洛特说。男人将粉白的脸转向夏洛特，他嘴唇发干，于是用舌尖儿稍微舔了一下，恐惧是他身上唯一真实的东西。但这种恐惧被克制住了，仿佛在优秀骑手驾驭下的一匹烈马，恐惧只由嘴巴和眼球透露出来。他说："我唯一的理由就是，我给小姐捎来了她哥哥的信儿。"夏洛特质询的目光盯着他，毫不松懈，似乎令他不安。他说："我好像认识你。"

姑娘迅速抬起头："你应该认识他。他也在那个监狱。"

夏洛特不得不再次钦佩那个男人的自控力。

"啊，我觉得我想起来了，"男人说，"我们那儿的人太多了。"

"他真是夏瓦尔吗？"姑娘问。

恐惧依然存在，但是它被严密地隐藏了起来。夏洛特惊叹于这个男人的厚颜无耻。那张白脸犹如一个光秃秃的球似的转向他，准备用眼神逼他就范，结果夏洛特扭头看向了别处。"没错，"他说，"是夏瓦尔。不过他变了。"欢喜的神情如波纹般从男人的脸上掠过，之后一切复归平静。

"好吧，"姑娘问，"你带了什么口信？"

"他就是想说，他爱你，而这是他能为你做得最好的事了。"

大厅里冰冷刺骨，男人突然间哆嗦了一下。他说："晚安，小姐。原谅我的冒昧造访吧。我本该知道，这个世界已经不接纳我了。"他带着舞台表演般的优雅鞠了一躬，但她并未注意到这个举动。她已然转过身去，在楼梯转角那儿从视野中消失了。

"出门去吧，夏瓦尔先生。"夏洛特讥讽他道。

但这个男人还留了个杀手锏。"你是个冒牌货，"他说，"你并不在牢里，你也没认出我。你以为我会忘记那儿的任何一张脸吗？我觉得我应该在你的女主人面前揭发你。你显然是在利用她的善心。"

夏洛特由着他胡编下去，越陷越深，然后说："我就在牢里，而且我的确认出了你，卡洛斯先生。"

"天啊，"他比之前更长时间地打量着他，一边说道，"你不是皮道特？啊，那个声音的确不可能是皮道特。"

"我不是皮道特，你之前已有一次把我错认成皮道特。我的名字叫夏洛特。这是我再次承蒙您关照了，卡洛斯先生。"

"那你可是以怨报德啊，不是吗，在这样的夜晚把我推出门去？刮东风了，我敢打赌现在已经开始下雨了。"他越是害怕，就越神气活现，这仿佛是他对抗神经紧张的一剂药。他把大衣的领子竖了起来。"在外省被人喝了倒彩，"他说，"简直是伟大事业遭遇的悲惨结局。晚安，忘恩负义的夏洛特。我怎么会把你误当成是可怜的皮道特呢？"

"你会冻僵的。"

"那太有可能了。埃德加·爱伦·坡不也是吗。"

"听着，"夏洛特说，"我还不至于那么忘恩负义。你可以待上一晚。我关门的时候，你把鞋脱掉。"他重重地把门关上，"跟我来。"可他才刚迈出两步，姑娘就从楼梯顶上叫道："夏洛特，他走了吗？"

"是的，他走了。"他等了一会儿，然后朝上面喊道："我去检查下后门是不是关好了。"之后，他带着只穿着长袜的男人穿过通往厨房的走廊，沿着后楼梯来到他自己的房间。

"你可以睡在这儿，"他说，"明天一大早我就会让你出去。不能让任何人看见你离开，不然我就得跟你一起走了。"男人舒舒服服地坐在床上，伸直了双腿。"你就是**那个**卡洛斯吗？"夏洛特好奇地问。

"除了我自己，我不知道还有其他的卡洛斯，"男人说，"我没有兄弟姐妹，也没有爹妈。我不知道在外省某些荒凉的地方，是不是零零星星地住着几个名不见经传的卡洛斯，也许在利摩日有个远房堂兄吧。当然了，"他皱着眉说，"还有我的第一个老婆，那个老母狗。"

"可现在他们在追踪你？"

"在这个国家，有一种荒谬的清教徒式的观点四下流传，"卡洛斯先生说，"那就是人可以光靠面包过活。简直是个最不符合天主教的想法。我猜想，在占领期我本可以靠面包——是黑面包——过日子，但是灵魂需要奢侈的享受。"他自信地微笑着，"人获取奢侈享受的来源只有一个。"

"但又是什么诱使你来这儿的呢？"

"警察呀，我亲爱的伙计，还有这些满怀热忱，带着长枪，自称是抵抗军的年轻人。我本打算到南方去，但可惜别人对我的外貌特征太熟悉了，只有一个地方例外，"他带着一丝悲凉说，"就是在这栋房子里。"

"但你是怎么知道……是什么让你觉得……"

"即便是在古典喜剧中，我的朋友，人们也适应了恶作剧，"他抚平了自己的裤子，"这就是一个恶作剧，但你会说，不是我最成功的一次。不过，你知道，如果给我些时间，我就会让她适应的。"他饶有兴味地说。

"我还是不明白你是怎么到这儿来的。"

"只是即兴表演罢了。我住在距离此地六十英里的一家小旅馆，我记得是个以'B'开头的地名。我记不起它的名字了。一个有趣的老家伙从监狱里被放了出来，正在那儿跟他的几个哥们儿喝酒。他在当地算是个人物，我猜是个当市长的——你知道那种人吧，大腹便便，挂着个表链，还有一块大得像奶酪的怀表，牛哄哄的。他正跟他们讲有个男人买了自己一条命的故事，他称那人为第十个人，这个叫法倒挺不错。他对那人有些怨气，原因我不大理解。怎么说呢，我觉得这个夏瓦尔不太可能有勇气回家——于是我决定替他回家。我扮演这个角色会远胜过他——一个乏味的律师，不过当然了，**你**认得那个人。"

"对，这一点你没有算计到。"

"谁会想到呢？真是太巧了。我猜，你**的确**是在牢里吧？你不会也是在外省巡回演出的吧？"

"不，我就在那里。"

"那么，为什么你要装作认出我呢？"

夏洛特说："她一直认为夏瓦尔总有一天会出现，这成了她的心病。我觉得你或许能医治那个心病，或许你已经做到了。现在我得走了。你要是不想被撵出去淋雨，就待在这儿别动。"

他发现特蕾丝回到了餐厅。她正盯着他祖父的画像看。"不像，"她说，"一点儿都不像。"

"难道你不觉得或许眼神……"

"不，我根本看不出来。你倒是比他更像这画里的人。"

他说："我现在要摆桌子吗？"

"哦，不，"她说，"既然他在附近，我们就不能在这儿吃饭了。"

"没什么可害怕的。你知道，转让的手续千真万确。他再也不会来找你的麻烦了，"他说，"你现在可以彻底忘掉他。"

"我就是做不到啊。哦！"她突然情绪激动起来，"你现在知道我是怎样一个懦弱的人了。我以前说过，每个人都会经历一次考验，然后你才明白自己是什么样的人。好了，现在我总算知道了。我应该握着他的手说：'欢迎你，兄弟，咱们都是一家人。'"

"这我就不懂了，"夏洛特说，"是你把他撵出去的。此外，你还能做什么呢？"

“我本可以朝他开枪。我常对自己说我要朝他开枪。”

“你不可能转身走开，取出一杆枪，再回来残忍地朝一个男人开枪。”

“为什么不？他曾经残忍地让我哥哥吃枪子。那一整夜想必有许多冷血的盘算，不是吗？你告诉过我，他们是在早上枪杀他的。”

他再次被激怒，为自己辩护起来。“我有一件事情没告诉你。那天晚上，有一次夏瓦尔曾经试着撤销交易，而你哥哥根本不愿意。”

“有一次，”她说，“有一次。你想想看吧。他试过一次。我猜他很努力地尝试过。”

他们像往常一样在厨房里吃晚饭。曼吉欧夫人气冲冲地问大厅里的吵闹是怎么回事。“简直跟开大会似的。”她说。

“只不过是个叫花子，”夏洛特说，“他想住一晚。”

“你干吗让他进到屋里来？我一没留意，屋里就来了这种地痞流氓。我不知道米歇尔会怎么说。”

“他只进到厅里，没有再往里走，母亲。”特蕾丝说。

“但我听到有两个人从走廊走向了厨房。不是你。你当时在楼上。"

夏洛特迅速接话说："我不能连一片面包都不给就把他撵出去。那样做不人道。我让他从后门出去了。"特蕾丝忧郁地转过头不看他，望向屋外湿漉漉的世界。他们能听到狂风裹挟着雨水朝这座房子扑来，敲击着窗棂，从房檐上落下。这可真不是个适合任何人待在户外的夜晚，他思忖着，她得多恨夏瓦尔啊。他超越自我，将夏瓦尔想成另一个人；他已经学会了丢掉自己的身份，他心想，是永远地丢失了。

晚餐时一片沉默。饭后，曼吉欧夫人蹒跚出屋，径直上床睡觉去了。现在，她从不帮衬家务事，也不等着看她女儿忙碌。对于她看不到的事情，她亦不知晓。曼吉欧家的人是地主，他们不工作，而是雇佣别人……

"他看着不像个懦夫。"特蕾丝说。

"你现在可以把他忘了。"

"这雨一直追着他下呢，"特蕾丝说，"从他离开这栋房子开始就一直追着他。这雨真特别,让我总是想到他。"

"你不用再去想他了。"

"米歇尔死了。这下他是真的死了，"她的手掌在窗户上划过，抹去了一道水流，"如今，他来了，又走了，而米歇尔死了。没有其他人认识他了。"

"我认识他。"

"噢，是啊。"她含糊地应了一声，仿佛这话不作数。

"特蕾丝。"他说。这是他第一次用那个名字称呼她。

"什么事？"她问。

他是个守规矩的男人，没有什么能影响这一点。他的生活方式为任何可能的情形下的行为举止提供了榜样，这些榜样如同裁缝铺的假人围在他的四周。一个被判死刑的人却没有榜样可循，而他在中年之前的求婚经历不只一次。不过，在以往的情形下要容易些。他曾经能非常精确地报出自己的年收入以及财产状况。他曾经能够在求婚之前就建立起一种得体的亲密氛围，而且他曾相当确信自己和年轻女人对政治、宗教和家庭生活这类事情的看法相似。现在，他在一个水瓶上看到了自己手持洗碗布的反影，他身无分文，亦无资财，而他对这女人也一无所知——除了这种对心灵和肉体的盲目欲求、这番超乎寻常的柔情，以及一种他此前从未体验过的想要保护别人的渴望……

"什么事？"她说。她仍背着身面向窗户，那个冒名顶替的夏瓦尔长时间冒雨跋涉，她仿佛无法从这一思绪中摆脱出来。

他语气僵硬地说："我到这儿有两个多星期了。你对我什么都不了解。"

"没关系。"她说。

"你曾想过等她去世之后，你打算做什么吗？"

"我不知道。会有足够多的时间来思考的。"她不情愿地将眼睛从水流冲刷的窗户上移开。"也许我会结婚的。"她说，朝他微笑。

一种难受与绝望之感攫住了他。毕竟，他并无理由相信，她离开巴黎时没在那儿留下一个男人，一个或许跟她同属一阶层的蠢小子，梅尼蒙当一带的街头巷尾是这两个年轻人的**熟悉**之地。

"跟谁？"

"我怎么知道？"她轻描淡写地说，"这儿也没太多人，对吗？罗什，那个独臂英雄：我不太想嫁给一个残缺不全的男人。还有你，当然了……"

他感到嘴里发干，还没向这个母亲是生意人的女子求婚，就体会到这种兴奋劲儿简直荒唐可笑……可他还没能让舌头动上一动就已失去了机遇。"或许，"她说，"我得去布里纳克的集市上找一个。我常听人说，女人富了，身边就有许多追求的男人。在这儿我一个都没瞧见。"

他开始又用一种礼节性的语气，"特蕾丝，"忽又顿住，"谁的声音？"

"只有我母亲，"她说，"还能是谁呢？"

"特蕾丝，"一个声音在楼梯上喊道，"特蕾丝。"

"我要去了，你只好自己把碗洗完了，"特蕾丝说，"我了解那种声音。这是她在祈祷时发出来的。现在，至少得等我们念完一串玫瑰经之后她才会睡觉。晚安，夏洛特先生。"每天结束时，她总是这样正式地称呼他，以便治疗白天他的尊严可能受到的任何伤害。那个时机已经过去了，他明白，或许要等上几个星期时机才会再来。今夜，他确信她的心绪是倾向于给予和妥协的，而明天……

当他打开自己的房门时，卡洛斯正舒展着身子躺在床上，身上随意地搭着他的大衣取暖；他的嘴咧开一条缝儿，不均匀地打着鼾。门闩的咔哒声吵醒了他，他没有动，只是睁开双眼，带着一种屈尊俯就似的隐笑盯着夏洛特。"怎么，"他问，"你们把我透彻地讨论了一番吧？"

"作为一个经验丰富的演员，这次你肯定是选错了角色。"

"恐怕不见得吧。"卡洛斯说。他在床上坐起身，搔了搔他那宽大肥厚的演员下巴。"你知道，我觉得自己太匆忙了。我本不该就那样离开。毕竟，你无法否认我已经引起了兴趣。这就算是打了一半儿的胜仗，我亲爱的伙计。"

"她恨夏瓦尔。"

"可我并非真正的夏瓦尔。你必须记住这一点。我是被理想化的夏瓦尔——一个被艺术重塑的夏瓦尔。晦暗无奇而且无疑令人不堪的真相对我并没有妨碍，难道你瞧不出这样使我获得了什么吗？给我点儿时间，我亲爱的伙计，我会让她爱上夏瓦尔的。你或许从没见过我表演的皮埃尔·路查得吧？"

"没有。"

"是个非常不错的角色。我是个一无是处、酗酒成瘾的**放荡者**——勾引女性的家伙当中最坏的那种类型。但女人们是多么爱我呀。我单单扮演那个角色，就收到了不少请束……"

"她朝你的脸上啐了一口。"

"我亲爱的伙计，这我还不知道吗？简直是棒极了。这是我所体验过的最崇高的瞬间之一。你永远无法在舞台上获得那种真实性。我认为自己也表现得相当不错。用袖子擦她啐我的口水，多么有尊严啊！我跟你打赌，今晚她躺在床上都会一直想着那个姿势。"

"的确，"夏洛特说，"夏瓦尔没法跟你比。"

"我总是忘记你认识那个人。你能为我的这个角色出些点子吗？"

"那是多此一举。你天亮前就得走了。已经落幕了。请问我可以睡自己的床了吗？"

"足够睡两个人的。"演员说着便向墙那边挪了几英寸。面对困境，他似乎带着一种兴奋和释然，复归了青年时代的卑鄙和粗俗。他不再是了不起的中年卡洛斯了。你几乎可以在层层肥脂之下看到青春逐渐钻进了血管。他用一个胳膊肘将自己支起来，诡秘地说道："你一定别介意我说的话。"

"你是什么意思？"

"怎么，我亲爱的伙计，我一望便知，你正处于爱情的阵痛之中。"他轻轻地打了个嗝，在床的里侧咧嘴笑着。

"你胡扯。"夏洛特说。

"这简直太合乎情理了。你瞧瞧你自己，一个处于性感年龄的男人，此时最容易因为看到年轻人而产生感情波动，还刚好单独同一个相当迷人的年轻姑娘——尽管可能有点粗野——住在这栋房子里。再说啦，你曾在监狱里待过很长时间——而且认识她哥哥。这恰好是个化学反应的公式啊，亲爱的伙计。"他又打了个嗝，"食物对我总有这种作用，"他解释道，"如果饭吃晚了。如果我正要款待一个小女友，晚餐就必须谨慎。感谢上帝，那种浪漫劲儿在短短几年内就会死去，跟老女人在一起时，我就可以保持本色了。"

"你最好还是睡吧。我明天一大早就会叫醒你。"

"我猜你正打算要娶她？"

夏洛特倚着脸盆架，带着一种麻木的嫌恶端详着卡洛斯——不单是端详卡洛斯，衣柜门上的镜子映出他们两个人的影像：两个堕落、丧失了一切的中年男人正讨论着一个年轻姑娘。此前，他从未意识到自己的年纪。

"你知道吗，"卡洛斯说，"我已经有些后悔自己要离开这儿了。我相信我可以跟你竞争——即便是以让·路易·夏瓦尔的身份。你根本没有冲劲儿，我亲爱的伙计。你本该展开攻势，趁着今夜情意正浓一举制胜——多亏了有我。"

"我可不领你的情。"

"为什么偏偏不呢？你又不是跟我作对。你忘了我不是夏瓦尔。"他打了个哈欠，伸了伸懒腰。"嗨，算了，别介意，"他舒舒服服地贴着墙，"关掉灯，这才是好伙计。"他话音刚落便已入睡。

夏洛特在硬硬的厨房椅子上坐下来，这是仅剩的另一处栖息地了。他随处可见冒牌的夏瓦尔舒舒服服地把这里当作自己家的种种迹象。他的大衣挂在门上，其下的油地毡上已积了一小滩水；他将上衣搭在椅子上。当夏洛特挪动时，他能感到那人的衣袋压在他大腿上的分量。演员舒坦地滚向床中间时，床板吱呀叫了一声。夏洛特关上灯，再次感到沉甸甸的口袋撞在自己的腿上。雨水犹如浪潮般有条不紊地冲刷着窗户。白日的兴奋与希望荡然无存，在这个人身上他看到了自己的欲求，四仰八叉地躺在床上，丑陋且不再年轻。他心想：我们俩最好还是赶快摆脱这种局面吧。

他动了一下，感到沉甸甸的口袋贴着自己。演员翻身仰面躺着，开始持续不断地轻轻打鼾。夏洛特仅能勉强分辨出他的身形，犹如被随意扔在那里的几只面粉袋。他将一只手伸进卡洛斯的衣袋里，触到了一把左轮手枪冰冷的枪托。这并不令人惊讶：我们已重返武装市民的日子；它就像三百年前的剑一样寻常。尽管如此，他还是觉得它在自己衣袋里比在他的口袋里更安全些。那是一把小型的老式左轮手枪；他用手指转动枪膛，发现六个弹匣中的五个都上着子弹。第六个是空的，但当他把它凑近自己的鼻子时，他明白无误地闻到了一股最近开过枪的气味。某个东西像老鼠一样在床上的面粉袋之间移动，那是演员的手臂。他嘟囔着一个夏洛特听不清的短语，一个听着像是"**命运**"的词；即便在睡梦中，他仍有可能在扮演一个角色。

夏洛特把左轮手枪放进自己的衣袋里。随后，他再次摸索着卡洛斯的上衣，掏出一个用橡胶箍扎紧的小纸卷儿。光线太暗了，无法查看它们。他小心翼翼地开了门，然后走进过道。他怕发出声响，便将门虚掩着。他按开了一盏灯，之后开始查看自己碰运气摸到的究竟是何许物件。

一眼便知这显然不是卡洛斯的证件。里面有一张发货票，是开给一个名叫图巴德的人的，发货票的内容是一套鱼刀，在第戎的开立日期和签收日期都是 1939 年 3 月 30 日。他想，除非一个人非常谨慎，否则不可能把收据保存那么久，不过毫无疑问，图巴德是个谨慎的人——他身份证上的照片可以证明这一点：一个胆怯的男人害怕遭人算计，在每条小路上都嗅得出陷阱的气息。你可以看出他——像他这样的夏洛特早在法庭上就见过好几十个——为了躲避危境在一生中无数次绕道而行。如今他的证件怎么会到了卡洛斯手上呢？夏洛特想到了演员左轮手枪的那个空弹匣。证件在时下比金钱更有价值。演员准备为留宿一夜而即兴扮演夏瓦尔的角色，可他原本会不会希望能靠**这个**身份蒙混过关呢？当然，若被盘问的话，回答就是五年时间能改变许多东西。战争结束时，我们原本的肖像都已过时：胆怯之徒有过被赋予一支去杀人的枪的经历，而勇敢之士发现，遇到枪林弹雨他的勇气则消失殆尽。

他回到自己的房间，将证件和枪塞回演员的衣袋里。他再也不想留着这支枪了。突然，他身后的房门如同枪响般"砰"的一声关上了，卡洛斯从床上蹦起来。他睁眼看见夏洛特，不安地叫道："你是谁？"但还没等到答案，他已再次像小孩一般酣睡起来。夏洛特不禁感喟：为何不是所有杀过人的人都能睡得这般酣畅呢?

14

"你去哪儿了?"特蕾丝说。

他用刀子将鞋上的泥刮掉，然后回答说："夜里，我觉得我听到有人在花棚附近活动。我想去确认一下。"

"有什么迹象吗?"

"没有。"

"可能是夏瓦尔，"她说，"我躺了好几个小时没睡，一直在想事情。在这样的夜晚将人赶出去真糟糕。我母亲和我，我们俩在那儿一次又一次不停地祈祷。而他却在外面游荡。念了那么多次'我们的天父'，"她说，"我无法每次都把关于宽恕的那一节省略掉，否则我母亲会起疑的。"

"在雨中走也要胜过挨枪子啊。"

"我不知道。是这样吗? 视情况而定吧，不是吗? 当我啐向他的脸时……"她顿了一下，他清晰地记起了演员躺在床上夸耀自己的手势。他说过她会一直想着它。一个如此虚伪的男人竟能这般精准地总结出一个如此纯真的人的心思，意识到这一点简直令人惊骇。他心想，反过来讲必定行不通。真理并不能教你如何去认识周围的人。

他说："现在都过去了。别去想它。"

"你觉得他找到什么遮风挡雨的地方了吗？他不敢去村子里找。让他在这儿住一宿也不会有什么坏处，"她责备他说，"你为什么不跟我提出让他住一宿呢？你没有任何理由恨他呀。"

"最好还是别去想他了吧。你在见到他之前，可没这么急着要原谅他。"

她说："恨一张你认识的脸可不像恨一张只是你想象出来的脸那么容易。"

他想：如果真是那样，我简直是个傻瓜啊。

"毕竟，"她继续说，"我们比我想的更为相像，想到这一点时，我就无法朝他开枪。这个考验我通不过，就像他没通过一样！"

"噢，如果你是持那种观点的话，"他对她说，"就以我为例吧。在你看来难道我还不够失败吗？"

她抬起头，带着一种可怕的漠然看着他。"是啊，"她说，"没错。我觉得你是这样。米歇尔托他捎了信儿。"

"他是这么说的。"

"我瞧不出他为何要对那件事而不是在大事上说谎。事实上，"她极为轻描淡写地说，"在我看来，他不像是个说谎的人。"

当晚，曼吉欧夫人突然发病；那两只硕大的乳房原来只是一种伪装，在它们的掩盖下，她脆弱的身体已悄然崩溃。请医生已经没用了，何况这年月也没有足够多的大夫能照顾到像布里纳克这么偏僻的角落。神父对于这个患病的女人来说更为重要，而夏洛特为此第一次秘密潜入了圣·让的危险地域。这个天色出门太早了，他在去神父家的路上什么人也没碰着。但在那儿按门铃时，他的心怦怦直跳。他过去跟这位老人很熟：每次夏瓦尔造访圣·让，他都习惯在这栋大房子里进餐。他可不是那种能被一把胡子和脸上那几年岁月的痕迹就敷衍过去的人，夏洛特有一种焦虑和期待相交织的感觉。再次做回自己是多么奇特的感受啊，即便只是在一个人面前。

但是回应他门铃的是个陌生人：一个肤色较深、颇为年轻的男人，透着一种勤劳能干的工匠的莽撞之气。他像管道工将工具打包似的把圣物装进了书包。"地里的路湿吗？"他问。

"是的。"

"那你得等我把橡胶套鞋穿上。"

他走得快，夏洛特很难跟上他的步伐。橡胶套鞋在他前面发出啪嗒啪嗒的声音。夏洛特说："这里原来是有位鲁斯神父吧？"

"他去世了，"年轻牧师边说边大步前行，"去年的事。"他忧郁地补充道："他掉水里淹死了，"他继续说，"那样死去的教区教士的数量会让你吃惊的。你或许可以把它称为职业风险。"

"他们说他是个好人。"

"要让乡下人满意，"鲁斯神父的继任者语气粗鲁地说，"这并不难。任何一位神父在同一个地方待上四十年，都会是老好人。"听上去他说的每个字仿佛都是从牙缝里挤出来的，不过其实是他的橡胶套鞋吸着地面的声音。

特蕾丝在门口迎候他们。牧师拎着他的小公文包跟着她上了楼，就是一个随身携带工具的人。他想必是没浪费任何时间；还不过十分钟，他就已经回到门厅，又穿上了他的橡胶套鞋。夏洛特从过道那儿注视着他轻松爽朗而又一本正经的道别。"如果有需要，"他说，"就再叫我来，不过请记住，小姐，尽管我愿意为您效劳，我同时也在为圣·让的所有人效劳。"

"我能得到您的祝福吗，神父？"

"当然。"他像公证人例行公事那样在空中画了个十字就走了。只剩下他们两个人，夏洛特从未感到他们的孤独是如此的彻底。仿佛死亡已经来临，剩下他们来直面这一境遇。

第四部

15

　　了不起的演员卡洛斯坐在盆栽棚里思索着自己的处境。他并不因自己多少有些耻辱的境遇而沮丧。他仿若公爵感到自己安然超脱于阶级与习俗的问题之外，一股民主平等之感油然而生。英国的乔治五世，罗马尼亚的卡罗尔国王，奥托大公，美利坚合众国总统的特使，帝国元帅戈林，不计其数的意大利、俄国大使，还有阿贝茨先生[1]都曾经看过卡洛斯的表演。他们在他的记忆中像宝石般熠熠生辉；他觉得这些大人物或皇室成员中的这个或那个，总会在必要

1　阿贝茨先生（Herr Abetz），全名为奥托·阿贝茨，是纳粹德国高级外交官。1937 年加入纳粹党，负责在法国从事间谍活动。

时被抬出来应付场面。尽管如此，那天清晨，他在圣·让还是有一瞬间感到不安，因为他在警察局的外墙上看到并排贴着一张海报和一个告示，海报上将他的名字列入了在逃通敌犯的名单，告示的内容是发生在五十英里以外一个村子里的杀人案。显然，警局对犯罪细节并不知情，否则卡洛斯确信他的罪行描述会是杀人罪。他当时纯粹是出于自卫，想阻止那个中产阶级的愚蠢小子暴露他的身份。他记得自己已将尸体妥善地藏到了工地的金雀花丛下面，还借用了证件，或许只够让他在一次敷衍了事的例行检查中蒙混过关。既然这些证件对他再无用处，而且可能使他陷入危境，他便在盆栽棚里将它们烧了，然后把灰烬埋在一个花盆里。

当他看到那两张告示的时候，他就已意识到再往前走也没什么好处。至少要等那些遍布各地的告示被人撕掉，被风吹走，最后随时光推移而褪色。他必须找个地方躲起来，唯有在一座房子里能做到这一点。那个叫夏洛特的男人已向他的女主人撒了谎，帮卡洛斯冒名顶替，他已经因窝藏奸细而犯了法：显然这是可以狠命落井下石的地方。但当他坐在一辆独轮手推车上，更加深入地思考自己的处境时，他的想象力被一个更为大胆的计划点燃了。一场浪漫场景的幕布在他的头脑中渐渐升起，只有天赋最佳的演员才能使它活灵活现，尽管这或许不是那么原创：莎士比亚是第一个想到它的。

透过墙上的一个小孔，他看到夏洛特穿过田野朝圣·让走去；要去集市时间还太早，而他却行色匆匆。卡洛斯耐心地等待着，他肥硕的屁股被独轮手推车的边缘硌出一道凹槽印儿，他看到夏洛特跟牧师一起回来了。过了一会儿，他又看到牧师拎着他的公文包独自离开。他的来访只可能有一种含义，创造的过程旋即吸收了新生的事实，修订了他正打算上演的场景。可他依旧等待着。倘若天赋确是一种无止境地煞费苦心的能力，卡洛斯倒是个颇具天赋的演员。他的耐心很快得到了回报：他瞧见夏洛特出了门，再次朝圣·让的方向出发。卡洛斯拍掉了大衣上的腐叶土，然后犹如一只被阉割了的大懒猫似的舒展四肢，伸了伸筋骨。他衣袋里的枪重重地撞在他的大腿上。

世上还没有哪个演员完全克服了怯场的毛病，卡洛斯穿过房前走向厨房门时十分胆战心惊。他似乎把角色的台词全忘光了；他的嗓子发干，在他拉响门铃之后，从厨房传来一阵短促而胆怯的踮脚走路的叮当声，而不像他前晚来时听到的果断应答。他的手握在衣袋中的左轮手枪上；仿佛是对男子气概的一种担保。当门打开时，他有些结巴地说着："请原谅。"尽管他感到害怕，但还是意识到不自觉的口吃其实是正确的：它会惹人怜悯，而怜悯必定会像乞丐的脚一样将门撬开。姑娘处于阴影之中，他无法看清她的脸；他继续结巴着，听着自己的声音，感受它听上去如何，逐渐增长了信心。屋门始终开着；他尚未开口提出更多要求。

他说："我还没走出村子就听说了您母亲的事。小姐，我必须回来。我知道你恨我，但是，相信我，我从没安过这份心——没想连您的母亲也害死。"

"你不必回来的。她对米歇尔的事毫不知情。"有希望了：他渴望一脚就踏进门槛里去，但他明白此举将会是致命的。他是个过惯了城市生活的人，不适应乡村的孤独冷清，他疑虑着什么样的小贩会随时出现在他身后；抑或夏洛特可能会过早回来。他始终留意听石子路上有没有脚步的嘎吱声。

"小姐，"他恳求道，"我必须回来。昨晚您没让我说话。

我甚至都没把米歇尔的口信讲完。"（见鬼，他心想，这台词说得不对啊：带什么口信啊？）他避开了话茬儿："在他去世当晚，他把口信告诉了我。"演说成功了，他大吃一惊。

"他去世当晚？他是在夜里去世的？"

"是啊，当然了。在夜里。"

"但是夏洛特告诉我是在早上——第二天早上。"

"噢，那人简直从始至终都是个骗子。"卡洛斯哀叹道。

"可他为什么要撒谎？"

"他想让我更加不堪。"卡洛斯即兴发挥。特蕾丝·曼吉欧往后退身让他进去，他的机敏应对终于使他跨过门槛进入屋内，为此他心中涌起波涛般的骄傲之情。"让人对死亡思考一整夜之后再死，这样岂不更残忍，不是吗？我还不算是像他那样的恶棍。"

"他说你有一次曾试图撤销交易。"

"有一次，"卡洛斯高呼道，"是的，有过一次。在他们把他带出去之前，那是我唯一的机会。"他噙着眼泪恳求说，"小姐，相信我。是在夜里啊。"

"没错，"她说，"我知道是在夜里。我痛得醒过来了。"

"是什么时间？"

"就在午夜过后。"

"就是那个时候。"他说。

"他真卑鄙，"她说，"对那事也撒谎可真是卑鄙。"

"你不了解夏洛特那个人，小姐，不像我们在牢里的那样了解他。小姐，我知道我连受你的鄙视都不配。我用你哥哥的生命买来了自己的性命，但我至少没靠欺骗来保命啊。"

"你是什么意思？"

他记得市长对于他们所有人如何抓阄的描述。他说："小姐，我们是按照与字母表相反的顺序开始抓阄的，因为这个夏洛特恳求大家那样做。最后剩下了他和我的两个纸条，其中一张上面就有赴死的标记。牢房里刮了一阵风，想必风把纸条掀了起来，让他看出了哪张是有标记的。他没按顺序抓阄——夏洛特本该在夏瓦尔后面[1]——他拿了那个不带记号的纸签。"

她疑惑地指出了其中明显的纰漏："你本可以要求再

1　夏洛特的拼写是 Charlot，而夏瓦尔的拼写是 Chavel，所以如果按照与字母表相反的顺序，应该是 Chavel 先抓阄。

抓一次啊。"

"小姐,"卡洛斯说,"当时我认为他不是成心作弊。当性命攸关时,你不能因为别人无意中犯了错而惩罚他。"

"而你却买了自己一条命?"

他明白自己是在扮演一个有缺陷的人物;前后不符之处并不合乎情理,因此必须用浪漫的表演迅速地打动观众。他恳求道:"小姐,你不知道的事情太多太多了。那个人在每件事上都误导别人。你哥哥病得很重。"

"我知道。"

他放松地调匀呼吸,仿佛现在他不会出错了,他变得莽撞起来。"他是那么的爱你,忧心他去世后你会怎么样。他曾给我看过你的照片……"

"他没有照片。"

"这真叫我吃惊。"这话说得很轻描淡写,但那一瞬间他动摇了;他曾经信心满满,不过他又迅速恢复了自信。"他经常给我看一张照片,那是从报纸上撕下来的一个街景:有位美丽的姑娘在人群中半隐半现。现在我猜到她是谁了;那不是你,可对他而言似乎长得像你,所以他保存着它,假装是……人在监狱里是会有些古怪行径的,小姐。

当他让我把那个阉儿卖给他时……"

"噢，不，"她说，"不是这样。你也太巧舌如簧了。他让**你**……这不是真的。"

他悲戚地对她说："你身边一直充斥着谎言，小姐。我的确有罪，但如果我真像**他**谎称的那般罪不可恕，我还会回来吗？"

"不是夏洛特说的。是那个给我送来遗嘱和其他文件的人。布尔格的市长。"

"你不必对我多说了，小姐。那两个人可是死党啊。我现在全明白了。"

"我希望**我**那时就明白。我希望我明白。"

"他们两人配合得天衣无缝，"他提心吊胆地说，"我要告辞了，小姐——上帝祝福你。"**上帝**——他思索着这个词，仿佛爱上了它似的，这的确是他喜爱的词汇，或许也是浪漫戏剧舞台上最有力的单词："上帝祝福"，"上帝为我作证"，"愿上帝宽恕你"——所有华丽的陈词滥调都仿若布帘一般悬挂在**上帝**周围。他尽可能大着胆子慢慢转身朝门走去。

"但米歇尔的口信是什么呢？"

16

卡洛斯倚在篱笆上凝视着一个小小的人形从圣·让方向穿过田野，越走越近。他犹如在自家花园里悠然歇息的人那般倚靠在那里；当他冒出一个想法时，曾一度微微发出咯咯的笑声；当那人走得更近，能认出是夏洛特时，他的想法就被某种警觉和紧绷的机智所取代了。

夏洛特记起衣袋里有左轮手枪，于是隔着一小段距离站住了，惊讶地盯着他。"我还以为你已经走了。"他说。

"我决定住下。"

"在这儿？"

卡洛斯温和地说："再怎么说，这是我自己的地盘。"

"名叫卡洛斯的通敌分子？"

"不。是名叫让·路易·夏瓦尔的懦夫。"

"你忘了两件事，"夏洛特说，"如果你打算扮演夏瓦尔的话。"

"我觉得我演绎的角色还算令人满意。"

"如果你想要做夏瓦尔，就不会被允许住下来——除非你想往脸上添更多吐沫。"

"另一件事呢？"

"这里不再有任何东西是属于夏瓦尔的了。"

卡洛斯又咯咯地笑起来，他身子往后一靠，离开了篱笆墙，他的手按在左轮手枪上"只为了以防万一"。他说："对此我有两个答案，我亲爱的伙计。"

他的自信令夏洛特震惊，于是他隔着草地愤怒地大喊："别演了。"

"你瞧，"卡洛斯温和地说，"我发现说服那姑娘相信我编排的故事版本还挺容易的。"

"什么版本？"

"关于牢里发生的事。我并不在场，你瞧，这就更容易演得逼真。我被原谅了，我亲爱的夏洛特，而你则恰恰相反——原谅我的大笑吧，因为，当然，我知道这有多么不公平——你被认定是骗子。"他发出一阵洪钟般欢快的笑声，仿佛期待对方充满自我牺牲精神，得以分享他在世事中体验的喜剧感。"你该滚蛋了，夏洛特。现在，马上。她非常生你的气。但我已劝说她给你三百法郎的工资。这下你可欠我六百了，我亲爱的伙计。"他试探性地伸出左手。

"她让你住下？"夏洛特问，继续保持着距离。

"她别无选择，我亲爱的。她没听说过 17 日颁布的法令——你也没听过吧？你肯定不读这个地方的报纸。只要单方通告废除，所有德军占领期发生的财产转让即属违法，这个法令已经出来了。说真心话，难道你从未想过这事？不过，我自己也是今天早上才想到的。"

夏洛特悚然瞪视着他。在那一刻，这个演员肥胖多肉的体形化为了他那一类人物的典型形象——耽于肉体而不可一世，漫不经心地倚在地球的中轴上，仿佛给了他这块可自由处置的六英亩土地和一栋房子就是给了他整个世界。他可以拥有一切——抑或说他的三百法郎奇迹般地又可以用上了。整个上午他仿佛在一步步走向神奇的世界：一个老妇正奄奄一息，而超自然的力量围拢过来；上帝随着一个公文包进了房子，而当上帝到来的时候，魔鬼也总是在场。他是上帝的影子：他为上帝的存在提供了苦涩的证明。演员的傻笑再次如铃铛般响起，可他听到理想化的笑声在身后摇曳，那是一种骄傲而亲密的声音，欢迎他来与魔鬼为伴。

"我跟你打赌，夏瓦尔在签署转让协议时就想到了这一点。噢，他可真是个狡猾的魔鬼，"卡洛斯饶有兴味地咯咯笑着，"今天是十九号。我打赌他得知法令后不会耽搁太久。"

现实中这些微不足道的话语在夏洛特头脑中没留下任何印象：在它们背后，他听到魔鬼像一个连长那样赞许地欢迎他——"干得好，夏瓦尔，"随后他感到一阵幸福——这是他的家，他又拥有它了。他说："那你再假扮夏瓦尔还有什么好处呢，卡洛斯？正如你所说。夏瓦尔正在赶回家的路上。"

卡洛斯说："我喜欢你，老家伙。你还真叫我想起了皮道特那个老好人。我来告诉你吧——如果我的计划奏效了，你就永远不愁没有个几千法郎花啦。"

草地是他的了，他充满爱意地看着它；他必须在冬天到来之前把草割了，明年他要把花园好好修整一下……脚走过压出的凹沟从河边延伸过来；他认得出自己窄窄的鞋印和牧师宽大沉重的橡胶套鞋印。上帝循着这条路进了屋子，猛然间，现实世界仿佛得到救治，变得模糊，继而又清晰起来，他又相当清楚地看到了卡洛斯那肥胖的身躯和自得的模样，他清楚自己必须做什么。17 日法令——即便是魔鬼的礼物也是上帝的馈赠。如果不是上帝与此同时提供了拒绝礼物的重大机会，魔鬼也无法提供任何馈赠。他又问了一次："但是这有什么好处呢，卡洛斯？"

"怎么，"卡洛斯说，"你是知道的啊，哪怕只是一朝一夕的避难之所，对我这样的人而言也算是收获了。人们会很快醒悟过来，真正的产权人就会得势啦，而有些人只能继续东躲西藏。"可他无法抑制炫耀的冲动，"但还不止是这样哦，我亲爱的先生。要是夏瓦尔到来前我能娶了她，那该是多么大的胜利啊。我会做到的。我是卡洛斯，不是吗？你知道你们的《理查三世》。'哪有女子是处在这种情绪中被人求爱的？'[1]回答当然是有。没错，夏洛特，是有。"

通常必须要彻底了解你的敌人才行。于是夏洛特第三次问道："那又怎样？好处究竟是什么？"

"我需要钱，我亲爱的。夏瓦尔无法拒绝来一次财产分割。如果骗取了她哥哥的性命之后还那样做，他可就太

---

1 "哪有女子是处在这种情绪中被人求爱的？"（Was ever woman in this humour wooed?）是英国剧作家威廉·莎士比亚的作品《理查三世》中的一句著名台词。

卑鄙了。"

"可你觉得我不会干涉吗？昨晚你说过，我爱那个姑娘。"

"噢，你说那个啊！"卡洛斯对这个反对意见嗤之以鼻，"我亲爱的先生，你对她的爱还不够深，你不会舍弃自己的机会。你我的年纪太大，不会再拥有那种爱情了。毕竟，如果夏瓦尔回来你什么也得不到，但是如果我成功了，嗯，你知道我还是挺慷慨的。"这倒是基本属实，他的确慷慨。他的慷慨正是他卑劣人格的不可或缺的组成部分。"反正无论如何，"他补充说，"我还能怎样呢？你已经告诉她我就是夏瓦尔了。"

"你忘了我知道你是谁：通敌分子卡洛斯——还是杀人犯。"

他的右手在衣袋里动了一下，有根手指应该是在安全栓上移了下位置。"你觉得我有那么危险吗？"

"是的，"夏洛特盯着那只手，"另外——我知道夏瓦尔在哪儿。"

"在哪儿？"

"他离这儿很近了。还有件事。你往下边的田野那儿看。你瞧见教堂了吗？"

"当然。"

"你看它后面的小山，稍稍偏右一点儿，被田野分隔开了。"

"看见了。"

"在右上角那个地方，有个男人正在干活儿。"

"那人怎么了？"

"离得这么远，你瞧不出他是谁，不过我认得他。他是个农夫，叫罗什，他是圣·让的抵抗军队长。"

"那又怎样？"

"假如我现在走下去，爬上那座山，然后对他说他将会在这栋大房子里找到卡洛斯——不单单是卡洛斯，而且还是谋杀了一个名叫图巴德的男人的杀人犯。"在短暂的一瞬，他觉得卡洛斯马上就要开枪了，在这个空旷而暴露的地方开枪是一种莽撞而绝望的行为。枪声会直接响彻整个山谷的。

可他反倒微笑起来。"我的朋友，"他说，"我们看来有着千丝万缕、密不可分的联系啊。"

"这么说来，你不反对我跟你一起回屋里去吧。"夏洛特缓缓地靠近他，犹如靠近一条拴了链条的狗。

"啊，不过小姐会反对。"

"我觉得，小姐肯定会听从你的建议。"

那只右手突然欢快地从衣袋里伸了出来，在夏洛特的背上拍打了两下。"太棒了，太棒了，"卡洛斯说，"刚才我错了。咱俩一起干吧。咱们可真是气味相投啊。走着瞧吧，只消用点儿小伎俩，咱俩都能既占那姑娘的便宜，又能捞到钱。"他伸出胳膊揽住夏洛特的手臂，温柔地催促他向家那边走去。

夏洛特一度回眸望向罗什站在山边的小小身影：他忆起他们尚未互相仇视的那段时光，那时疾病还未让罗什长出一条毒舌……那个小小的身影转过身去，正在用犁耕田。

卡洛斯捏了一下他的右臂。"如果这个夏瓦尔，"他说，"当真正往这儿赶，我们要坚决抵抗他——你和我一起。假如到了万不得已的地步，你知道我还有枪呢。"他又捏了一下他的胳膊，"你不会忘记这一点，对吧？"

"不会。"

"你得为你之前向她撒的谎道歉。她特别受不了那些话。"

"撒的谎？"

"就是她哥哥是在早上死的。"

房间窗户上反射的阳光晃着他的眼；他低下被照耀得目眩的双眼寻思着：我该怎么做？我究竟打算干什么呢？

17

那天晚上，曼吉欧夫人去世了。牧师再次被招来。夏洛特待在顶楼自己的房间里，不停地听到死亡的声响——来来回回的脚步声、叮叮当当的玻璃撞击声、水龙头的流水声，还有两个人的低语声。他的房门开了，卡洛斯探进头来。他已住进被他称为己有的卧室，但他现在有意避开了陌生人。

他低声说："感谢上帝，就快结束了。简直让我毛骨悚然。"

死亡不是个人的私事：不单单是体内的呼吸停止，然后一切都结束了——还有低语声，东西的碰撞声，地板的吱呀作响，以及水流喷进水池的声音。死亡犹如在没有合适助手的情况下于仓促之间实施的一次手术——抑或犹如婴儿出世。人们随时期待着听到新生儿的啼哭，但你最终得到的唯有一片死寂。水龙头止歇了，玻璃杯安静了；地板亦不再吱呀作响。

卡洛斯舒心地叹了口气："死了。"他们像同谋似的一起留心听着。他低语道："母亲去世，形势就到了关口。她会思索下一步该怎么做。她可不能独自住在这儿。"

"我得去送牧师回家了。"夏洛特说。

牧师正在门厅里穿他的橡胶套鞋。在穿过田野的归途中，他突然问了一句："现在你要离开了吧？"

"也许吧。"

"你要是不走，曼吉欧小姐就得从村里找个女伴来。"

夏洛特被此人的主观臆断惹恼了，他竟不容置辩地认定，人的行动被道德因素所控制——甚至连道德都算不上，而是由免受流言蜚语的动机来支配的。他说："这件事曼吉欧小姐才说了算。"

他们在村外的郊野驻足停下。牧师说："曼吉欧小姐年纪轻轻，很容易受影响。她对生活一无所知，头脑十分简单。"他带着一种极度傲慢和深信不疑的神情。

"我可不这么看。她曾在巴黎见过不少世面。她不是个村姑。"他满怀敌意地补了一句。

"只是地点不同而已，"牧师说，"并不能让你见识更多世面。如果你在观察世事方面训练有素或是颇具天分，那么一个人身处沙漠之中，就已足够使他认识生活的了。她没什么天分。"

"在我看来，她具备非常多的**市井**智慧。"

"我猜想，你肯定是没费心，"牧师说，"去留意那是不是真正的智慧吧？"

"没有。"

"精明刁钻常常听起来像是智慧，而无知常常听着就跟精明刁钻似的。"

"你想要说什么——还是要做什么？"

"你是个受过教育的人，先生，所以你不会反驳说这事与我一点儿都不相干。你清楚这就是我分内的事。但是因为我说你必须得走，否则曼吉欧小姐就得找个女伴，所以你觉得我过分拘泥于礼教。这并不是拘礼，先生，而是对人性的认识。如果你也像我们那样日复一日地坐着，倾听男男女女向你讲述他们做了什么以及为何要这么做的话，是很难不看到这一点的。在曼吉欧小姐目前所处的状况下，任何女人都可能做傻事。一切情感都有某种共性。人们对欲望之中常常包含的悲哀有充分的认识，但他们对悲哀之中所包含的欲望就没有那么清醒的认识了。你不会想要趁火打劫吧，先生。"

丑陋的教堂里，钟声敲响了。现在是六点半，这正是他在狱中唯一一次试图撤销交易的时刻，也是第一次恰能看清詹弗耶一宿未眠的双眼的时刻。他说："相信我吧，神父。我一心只想让曼吉欧小姐过得好。"他说完便转过身，大步流星地朝着房子的方向走了回去。那是一个人终于认清一切的时刻……

下层的房间都黑黢黢的，但是楼梯平台那儿有光亮。他轻手轻脚地走进门厅，所以那两个人谁都没听见。他们仿若演员在镜头前摆好姿势，等待导演下令开拍似的。欲望中包含着那么多的悲哀，而悲哀之中又有那么多的欲望，牧师如是说——仿佛他们有意展现出真理的一半。他揣测着他们说过什么话或做过什么事，以至于那男人的愁容舒展开来，而姑娘正如饥似渴地向前探着身子，眼含泪水。

"你为什么不让我一个人安静安静呢。"她向他恳求说。

"小姐,"他高呼道,"你现在已经是孤零零的一个人了——太孤单了。但你从今往后不会再孤单下去了。你曾经恨过我,但那都已经过去了。你不必再瞻前顾后了。"他这一招可真老到,夏洛特想:不安分守己的花花公子知道如何端出对大多数人而言比爱情更亟需的东西——安宁与平和。他的话仿佛流水一般——有如忘川水。

"我太累了。"

"特蕾丝,"他说,"你现在可以歇歇了。"

他的一只手顺着楼梯的栏杆移近,搭在了她的手上;她没有把那只手甩开。她说:"如果我可以信任什么人该有多好啊。我本以为我可以信任夏洛特,但他在米歇尔的事情上欺骗了我。"

"你可以信任我,"卡洛斯说,"因为我已经把最坏的事情都告诉你了。我向你袒露了我的为人。"

"是的,"她说,"我觉得是这样。"他贴着栏杆挪到了她身边。对夏洛特而言,他的虚假跟硫黄味儿一样刺鼻,闻不到简直是令人难以置信,但她对他竟毫不闪避。当他张开双臂将她揽入怀中时,她闭着双眼,如同自杀般地放任自己。越过她的肩头，卡洛斯猛然发现夏洛特正站在下面。他获胜般微笑着眨了下眼睛，传递出一个秘密的讯息。

"曼吉欧小姐。"夏洛特说。姑娘撤回身子，朝下面注视着他，面带疑惑和羞惭。那一刻，他意识到她是多么年轻，而他们俩又是多么苍老。他再也感受不到丝毫欲求，心中唯余无限深沉的柔情。天色逐渐亮了起来，楼梯平台上的灯光也随之变得愈发暗淡，她眼望灰蒙蒙的天地，仿佛就是一个孩子，被一场持续太久的聚会拖累得无法上床睡觉。

"我不知道你在这儿，"她说，"来多久了……"卡洛斯小心翼翼地盯着他，他的右手从姑娘的臂弯里抽出来，放进自己的衣袋里。他朝下面欢快地叫道："得啦，夏洛特，我亲爱的伙计，你把神父平安送回家了吗？"

"我的名字，"夏洛特站在门厅里，冲特蕾丝·曼吉欧说道，"不叫夏洛特。我是让·路易·夏瓦尔。"

18

卡洛斯朝下面厉声喊道："你疯了。"可夏瓦尔继续平静地对姑娘说："那人是个演员，名叫卡洛斯。你或许曾经听说过他。他作为通敌分子被警察通缉，他还谋杀了一个名叫图巴德的男人。"

"你简直是疯了。"

"我没听明白。"姑娘说。她将一缕湿漉漉的头发从前额上抹去。她说："谎言简直是太多了。我不知道谁在撒谎。那你为什么说自己认出他了？"

"对，你说说看啊。"卡洛斯得意地叫道。

"我不敢对你吐露身份，因为我知道你有多恨我。于是，当他到来的时候，我觉得这是个能永远埋没自己身份的机会。他会去承担所有的仇恨。"

"你真是太会撒谎了。"卡洛斯在栏杆上方讥讽他。他们高高在上地并肩站在那儿，夏瓦尔悚然意识到或许自己已经太迟；也许这不单单是牧师所说的由悲伤带来的欲望，而是真正的爱情，它使这个姑娘现在能接受身为骗子的卡洛斯，正如她曾经接受夏瓦尔是个儒夫。在这个世上，他已无所顾忌，一心只想在他们二人之间树起一道坚不可摧的障碍——不论要冒什么样的风险，他想，不论是什么样的风险。

卡洛斯说："你最好还是卷铺盖走人吧。这儿不再需要你了。"

"这房子是曼吉欧小姐的。让她来说。"

"你这个骗子，"卡洛斯将手搭在姑娘的胳膊上说，"昨天他来找我，他对我说这房子其实是我的；有个什么这样或那样的法令，我不知道具体内容，规定占领期的所有产权变动都是非法的。就好像我会利用那种含糊其词的东西趁火打劫似的。"

夏瓦尔说："我小时候住在这栋房子里，经常和山谷那边的一个朋友玩一种游戏。"

"你究竟在说什么？"

"耐心点儿。你会发现这个故事很有意思。我过去经常举着就像这样的一个手电或是一根蜡烛，如果是晴天就拿一面镜子——我常常透过这道门，用这种方式发出一条讯息。有时只会说'无事可做'。"

卡洛斯语带不安地问道："你现在在干吗？"

"这条讯息通常的意思是：'救命啊，这儿有印第安人'。"

"噢，"姑娘说，"这套话我完全听不懂。"

"那个朋友仍然住在山谷那边——尽管他已不再是我的朋友了。他在这个钟点会出来把牛群赶回家。他会看到这个光亮忽明忽灭，于是就知道是夏瓦尔回来了。这儿有印第安人，他会解读出来。没有其他任何人知道那条讯息。"他看到卡洛斯的手在衣袋里握紧了。这还不足以证明他是个骗子。他甚至会说自己撒谎是出于浪漫的目的。必须要树立一道不可摧毁的障碍。

特蕾丝说："你是说，如果他来了，就证明你是夏瓦尔？"

"没错。"

"他不会来的。"卡洛斯不安地说。

"即使他不来，还有其他方法可以证明这一点。"

"你的朋友是谁？"特蕾丝说。他留意到她说的是"你的朋友"，仿佛她已有些半信半疑了。

"农夫罗什，他是这里的抵抗军队长。"

姑娘说："可他已经见过你了——在去布里纳克的路上。"

"他看得不是很仔细。我变了很多，小姐。"他再次举起手电，站在过道上。他说："他肯定会看到这个。他现在可能已经到了院子里——或是在田野里。"

"把那个手电放下。"卡洛斯冲他尖叫起来：这正是夏瓦尔获胜的时刻。伪装已经结束；演员就像被酷刑逼供的人一般：尽管拂晓的天气寒冷，他的额头上还是沁出了汗珠。

夏瓦尔盯着他的衣袋，摇了摇头，为了抵御即将来临的疼痛，他浑身僵硬。

"把它放下。"

"为什么？"

"小姐，"卡洛斯恳求说，"一个人有权为自己的性命奋起反击。让他将手电放下，不然我就开枪了。"

"那你的确**是**杀人犯了？"

"小姐，"他说话的语气诚恳得荒唐，"那是在打仗啊。"他沿着栏杆从她身边退开，从衣袋里掏出左轮手枪，在他俩之间不停地比画着。他俩被枪口准心的连线联结在一起了。"把手电放下。"

在村子里，七点的钟声开始敲响。夏瓦尔压低了手电，默数着报时的钟声：这正是另一个人沿着煤渣小路朝白墙走去，直至死亡的时刻。在他看来，自己历尽千辛万苦，只是为了推迟这个重演的场景。卡洛斯误解了他的踌躇，还以为自己成了主宰。"现在，丢掉你的手电，从门边站开。"但夏瓦尔却将它高高举起，来来回回地挥动着它。

卡洛斯迅猛地连开数枪。在惊慌不安之中，他的第一发子弹打偏了，打碎了一幅画像的玻璃镜框；第二发子弹过后，手电掉落到了门厅的地板上，形成一道通往大门的亮光。夏瓦尔的脸疼痛得扭曲起来。他仿佛遭受了一记重拳般被推向墙壁，尖利的疼痛感随后消失；他感到有一侧阑尾的位置疼得愈发厉害了。当他抬头看时，卡洛斯已经跑了，姑娘就在他的面前。

"你受伤了吗？"

"没有，"他说，"看那幅画。他打偏了。"那两枪实在来得太快了，她根本分辨不清。他想在任何难堪的事发生前将她支开。他小心翼翼地朝着一把椅子挪了几英尺，然后坐下来。再过一会儿，血渍就会渗出来。他说："都结束了。他再也不敢回来了。"

她说："你真是夏瓦尔？"

"是的。"

"但手电会报信的事你又撒了谎，不是吗？你从没按同一种方式挥动过两次。"

"又撒了谎，没错，"他说，"我想让他开枪。他现在没法回来了。他认为他已经把我杀死了，就像……就像……"他记不起另一个人的名字了。他感觉清早那一时刻的门厅里出奇的炎热；汗水仿佛水银珠儿似的从他的额头上滚下来。他说："他会顺着与圣·让相反的路走。赶紧去那儿，找牧师帮你。罗什也会帮上忙的。记住，他是演员卡洛斯。"

她说："你肯定受了伤。"

"噢，没有。我被墙壁弹飞的跳弹击中了。仅此而已。我受了点儿惊吓。把铅笔和纸给我。在你去叫警察的时候，我会把这事儿写成报告。"她把他要的东西拿给了他，疑惑而不安地站在他面前。他担心自己会在她走之前就昏倒，于是温和地说："你现在好了，不是吗？不再有任何仇恨了？"

"是的。"

"那就好，"他说，"好啊。"他的爱情已荡然无存——欲望毫无意义；他只感到某种怜悯、温婉与柔情，正如人们面对陌生人的不幸遭遇时怀有的那种感情。"你现在没事了，"他对她说，"快走吧。"他仿佛对一个小孩那般稍有些不耐烦地说。

"你没事吧？"她焦虑地问。

"是的，没事。"

她刚一走，他立即开始动笔，他想让这一切能自圆其说；他律师的本能想要一个干净利索的结局。他本希望自己知道那个法令的准确措辞；不过，如果没有任何一方主张废弃协议，也就不大可能影响原有的转让效力。于是，他写下了这份短笺："我保留我离世时的全部财产权。"这只是为了留下证据，用于证明他没有废弃协议的意图——它自身没有任何法律效力——他没有见证人。胃里涌出的鲜血流到了他的腿上，还好姑娘不在场。鲜血的触感像水流一般给他的高烧降了温。他快速向周围扫了一眼：此刻，透过敞开的大门，回复他信号的光亮从田野那边照了过来；独自死在他自己家里给人一种奇特的满足感，仿佛一个人在死去时只拥有视线范围内的东西。可怜的詹弗耶，他想——煤渣小路。他开始签名，可还没等签完，他就感到血水从伤口中奔涌而出：一道小河，一阵急流，继而是一片安宁。

纸页掉在他身旁的地板上，上面潦草地写着几乎无法辨认的笔迹。他根本不知道他的签名只写了"让·路易·夏……"这几个字。显然，它既可以代表夏洛特，也可以代表夏瓦尔。至高无上的正义确保他安心离去。即便是律师一丝不苟的良心也会被允许安息的。